ARIËLLA KORNMEHL

Alles, was wir wissen konnten

Roman

Aus dem Niederländischen
von Marlene Müller-Haas

HOFFMANN UND CAMPE

Die niederländische Originalausgabe erschien 2013 unter dem Titel *Wat ik moest verzwijgen* im Verlag Uitgeverij Cossee, Amsterdam.

1. Auflage 2016

www.hoca.de
Satz: Pinkuin Satz und Datentechnik, Berlin
Gesetzt aus der Minion und Avenir
Druck und Bindung: CPI books GmbH, Leck
Printed in Germany
ISBN 978-3-455-40541-5

HOFFMANN UND CAMPE

Ein Unternehmen der
GANSKE VERLAGSGRUPPE

Für deine Urenkelinnen,
Laila & Emma

»Der Versuch, ein Mensch zu sein,
ist kein Verdienst, sondern etwas
ganz Gewöhnliches.«

Max Léons,
Widerstandskämpfer

I

Jet wusste, nach wem sie suchen musste. Bestimmt sah Henk seinem Bruder ähnlich, dem Gemüsemann, den sie nach all den Jahren blind hätte malen können. Sie erkannte ihn sofort: Er hatte die gleiche stämmige Figur und das gleiche eckige Gesicht.

Sie gaben sich die Hand, und Jet bedankte sich bei ihm; einen Logiergast aufzunehmen war keine Selbstverständlichkeit.

»Um Himmels willen, was hast du bloß alles eingepackt?«, fragte Henk, als er sie von ihrem Koffer erlöste. Dass ihre Eltern ihr ein Gemälde mitgegeben hatten, behielt Jet noch für sich. Mit einem entschuldigenden Lächeln ging sie hinter ihm her.

Sie hatte eine weitere Überraschung parat. Aufschieben ging nicht. Noch in der Bahnhofshalle fragte sie, ob jemand mitkommen dürfe. Henk blieb stehen, drehte sich um und sagte, er habe sie nicht recht verstanden. Sie wiederholte ihre Frage in unmissverständlich flehendem Ton.

Henk räusperte sich und warf unbehagliche Blicke um sich. »Mit zwei Leuten habe ich nicht gerechnet.«

Jet legte den Kopf ein bisschen schief und sah ihm so lange in die Augen, bis er schwach wurde. Misha stand etwa vier, fünf Meter hinter ihr.

»Ist er das?«

Jet nickte.

»Wo kommt er her?«

»Ist das nicht egal? Sein Niederländisch ist einfach nicht so gut.«

»Auch das noch.« Henk überlegte kurz und flüsterte ihr dann ins Ohr: »Im Keller oder gar nicht.«

Jet nickte. Im Keller sei sehr gut. Sie werde für ihn sorgen, darum müsse Henk sich nicht kümmern. Und, beteuerte sie, gleich nach ihrer Rückkehr würde Misha dafür sorgen, dass alles mit Henks Bruder verrechnet würde.

Henk drehte seine Mütze um einen Viertelschlag, während Misha ihnen lautlos folgte. Jet fühlte ihn hinter sich, wagte jedoch nicht, sich zu ihm umzudrehen. Sie hätte ihre Freude nicht verbergen können. Selbst ohne ihn anzusehen, hatte sie ein unwiderstehliches Verlangen, sich ihm in die Arme zu werfen.

Das erste Mal, als er ihr auf dem Dam aufgefallen war, hatte sie ihn wie gebannt angestarrt. Seine dunkelroten Lippen und die blauen Augen gaben seinem bleichen Gesicht ein wenig Farbe, die Kieferlinie und der Hals verrieten, dass er Hunger litt.

Sie sah, dass er nicht auffallen wollte, dass er versuchte, sich in einer Sprache auszudrücken, die er nicht beherrschte. Oft saß er dort mit anderen Flüchtlingen, um sich in seiner Muttersprache zu unterhalten. Später konnte Jet es nicht ertragen, wenn er seine Abende auf der Straße verbrachte, während sie die elterliche Wohnung nicht mehr verlassen durfte. Allein die Vorstellung, dass er anderen Mädchen nachsah oder gar mit ihnen sprach, machte sie nervös.

»Wir werden klare Hausregeln vereinbaren«, sagte Henk. »Und du musst etwas lauter reden, von dem Lärm in der Druckerei habe ich ein bisschen Probleme mit den Ohren.«

Jet hatte nicht einmal gewusst, dass er in einer Druckerei arbeitete. Sie nickte und sah, dass er wegen des schweren Koffers ganz schief ging. Noch schien Misha nicht dazuzugehören, aber das würde bestimmt nicht lange dauern.

Im Keller ist ganz nah, dachte Jet.

Sie hatten Glück. Henks Haus war trotz des kalten Winters warm, und Jet wurde gut behandelt. An die Hausarbeit musste sie sich allerdings erst gewöhnen, dafür hatten sie ein Dienstmädchen gehabt – sie hatte noch nie einen Staublappen in der Hand gehalten. Wenige Tage vor ihrem Fortgehen hatte Jets Mutter dem Mädchen gekündigt, weil sie verreisen würden. Sobald sie wieder zurück wären, würden sie sich bei ihr melden.

Henk war geduldig. Er zeigte Jet, wie sie putzen musste, und betonte, das Essen im Haus sei für alle da. Als Jet ihm von dem Gemälde erzählte, das bei Misha im Keller stand, wollte Henk es sofort im Wohnzimmer aufhängen. »Für ein Bild ist es da unten viel zu feucht«, sagte er und schien noch etwas hinzufügen zu wollen.

Das Bild dürfe an die Wand, aber das goldene Medaillon, das Jet um den Hals trug, sei zu kostbar für ein Dienstmädchen. »Hast du bestimmt von deinen Eltern bekommen«, sagte Henk. Jet entschuldigte sich, nahm das Medaillon ab und ließ es in die Schürzentasche gleiten, um es später in ihren Koffer zu legen.

Anfangs riefen ihre Eltern regelmäßig in Haarlem an. Jet durfte selbst das Telefon abnehmen. Nachdem sie sich in Amsterdam voneinander verabschiedet hatten, waren ihre Eltern in ein Hotel gezogen. Seit sie dort ausgezogen waren, meldeten sie sich immer seltener. Jet hatte beim letzten Mal nach ihrer neuen Anschrift gefragt, aber ihre Mutter hatte kaum sprechen können.

»Ihr fehlt mir«, sagte Jet. Darauf wurde es noch stiller am anderen Ende der Leitung. Jet fiel nichts mehr ein, was sie sagen konnte, auch, weil ihre Eltern nichts von Misha wussten. Jeden Tag, wenn sie die Treppe in den Keller hinabstieg, um ihm etwas zu essen und zu trinken zu bringen, verdrängte sie ihre Schuldgefühle. In einem beklemmend kleinen Raum lag eine Matratze auf dem

Boden, daneben drei Bücher. Obwohl es dort feucht und finster war, bis auf das schwache Licht, ein Nachtlämpchen, blieb Misha unfassbar geduldig, ruhig und zufrieden. Er wusch sich jeden Tag mit einer Wanne warmem Wasser, die Jet von oben mitbrachte, und zog saubere Unterwäsche an. Danach legte er sich wieder auf seine Matratze und las. Jet besuchte Misha jeden Tag der Woche, immer am späten Nachmittag. Tagsüber musste sie oben in der Wohnung zur Verfügung stehen, wie man es von einem Dienstmädchen erwartete. Im Viertel gingen bereits Gerüchte um, berichtete Henk, man erzählte sich, dass er ein Verhältnis mit seiner jungen Haushälterin habe. Darüber konnten sie zusammen lachen; so würden sie es noch ein paar Monate aushalten. Dass Misha mit ihnen lebte, nahm Henk gelassen, solange er sich ordentlich benahm und an die Regeln hielt.

Auch Jet klagte nicht. Abends im Bett dachte sie daran, wie sie ihrer Mutter gesagt hatte, dass sie ihr fehle, und ihre Mutter geschwiegen hatte. Wenn sie wüsste, wie hart ich hier arbeiten muss, dachte Jet amüsiert. Sie hatte sich immer über Jets Zimmer geärgert, weil Jet nur selten aufräumte, nie saubermachte und alles herumliegen ließ. Eigentlich begann sie erst mit dem Aufräumen, als der Vater ihr befohlen hatte, ihre Habseligkeiten zu sortieren. Während sie vor ihrem lauwarmen Brei beim Frühstück saßen, sagte er, dass er Maßnahmen ergreifen wolle und schon einiges in die Wege geleitet habe.

Sie würden fortgehen. Gerüchte machten doch seit langem die Runde, was war denn mit einem Mal so anders? Jet hatte es den Appetit verschlagen, aber ihre Mutter bestand darauf, dass sie ihren Teller leer aß. Als Jet klar wurde, dass sie Misha nicht mehr sehen würde, musste sie würgen. Doch wie sehr sie sich auch widersetzte, ihr Vater blieb hart.

Bei Tagesanbruch brachten sie den Hausrat ins Wohnzimmer. In die eine Zimmerecke kamen die Sachen, die klein und wichtig genug zum Mitnehmen waren. In die zweite Ecke stellten sie die Wertgegenstände, die zu sperrig waren. Die dritte Ecke wurde mit den Habseligkeiten gefüllt, an denen keiner von ihnen besonders hing. Ihrer Mutter wurde ganz heiß vom Schleppen und Laufen. Sie knöpfte ihren Biberschal ab, steckte ein paar Haarnadeln fest und keuchte. Schon am nächsten Morgen sollten die Möbelpacker kommen und die größten Gegenstände abholen. Außer Kunstwerken und anderen Kostbarkeiten hatte ihr Vater, der als kulanter Hauswirt bekannt war, im Lauf der Jahre eine ganze Menge Kleinigkeiten angesammelt – wenn seine Mieter knapp bei Kasse waren, drohte er nicht mit Kündigung, sondern nahm mit Freuden, was sie ihm anboten. Jet fragte, ob ihr Cousin Otto und seine Eltern ebenfalls fortgehen würden. Ihr Vater zuckte mit den Schultern; soweit er wusste, noch nicht, aber es konnte nicht mehr lange dauern.

Das Tafelsilber, das zum Teil noch von den Groninger Großeltern stammte, kam auf den ersten Haufen. Ihre Mutter sortierte das Besteck und sah Jet an. »Wenn nötig, kannst du damit bezahlen.«

Auch die Tänzerin musste eingepackt werden. Als der Vater das Bild vorsichtig von der Wand nahm, sah ihre Mutter zum ersten Mal die Rückseite.

»Moment mal«, sagte sie und kniff die Augen zusammen. Knapp unter dem Rahmenrand stand *Tini in Paris*. »Das steht da doch, oder, Sal? Tini in Paris.«

»Ja, Tini. Das hat Degas bestimmt selbst dort hingeschrieben.«

Der Maler hatte die Tänzerin wahrscheinlich mit eigenen Augen gesehen und sie bewundert, dachte Jet. Eine Frau in einem langen Kleid, mit dunklem Haar, weichen Hüften und einem ranken Körper.

All die Jahre hatte die Tänzerin mit großen Augen auf sie herabgeblickt, auch bei Mishas heimlichem Besuch. Liebevoll hüllte die Mutter das Bild in zwei Laken. In ein paar Monaten, versicherte ihr Jet, siehst du sie wieder tanzen. Die Mutter nickte und biss sich auf die Unterlippe. »Aber ich lasse sie nicht zurück«, sagte sie. »Sie kommt unten in deinen Koffer. Sie wird dich beschützen.«

Eigentlich war ihr Vater nicht damit einverstanden, aber ihre Mutter hatte selten so entschieden gewirkt. Also gab Sal bloß zu bedenken, wenigstens die Leinwand aus dem Rahmen zu schneiden. »Nicht jetzt, Sal, bitte, du kannst jetzt nicht ruhig schneiden.« Jet hörte Panik in der Stimme ihrer Mutter. Um sie zu beruhigen, schlug Jet vor, das Bild erst einmal im Rahmen mitzunehmen, den konnte sie später immer noch verkaufen. Dann würde sie die Leinwand ordentlich aufrollen und aufbewahren. »Das ist eine gute Idee«, stimmte ihr Vater zu, »der Verkauf des Rahmens kann dir noch einmal nützlich sein.« Ihre Mutter lächelte und bat Jet, vorsichtig zu sein, wenn es so weit war. »Und wenn es nicht nötig ist, lässt du sie in ihrem Rahmen.« Sie nahm ihr goldenes Medaillon vom Hals und bedeutete Jet, näher zu kommen. Bedächtig legte sie es ihrer Tochter um. »Trag es immer unter deiner Kleidung, mein Liebes.«

Die Bleikristallvasen waren zu schwer. Je höher sich der Berg der Gegenstände auftürmte, die sie nicht mitnehmen konnten, desto trauriger wurde die Mutter. Sal brummte, sie solle nicht so trübsinnig sein, das alles sei nur vorübergehend, eine Vorsichtsmaßnahme. Sie waren doch Groninger, was konnte ihnen schon passieren?

»Wo kommt der Rest hin?«, fragte Jet.

»Zu Büch«, antwortete er. »Möbelspedition Büch.«

Am nächsten Morgen steckte die Mutter die Empfangsquittung der Möbelpacker unter ihr Kleid. Aber als Sal die schweren Koffer durch das

Treppenhaus nach unten trug, holte sie den Schein aus ihrem BH und überreichte ihn Jet.

»Heb ihn gut auf«, sagte sie. »Sollte uns etwas passieren, dann holst du alles ab. Wir haben deinen Namen mit eintragen lassen.«

Jet machte die Bemerkung Angst. Sie steckte den Zettel in ihren Büstenhalter, so wie ihre Mutter, aber bei ihr sah es komisch aus.

Weil Misha von ihren Eltern vermutlich nicht begeistert empfangen worden wäre – wie oft hatte sie ihren Vater über die Flüchtlinge klagen hören, und außerdem, hatte er gesagt, sei seine Tochter noch viel zu jung für die Liebe –, hatte sie ihn mit keinem Wort erwähnt.

Ihre Eltern wollten niemandem zur Last fallen. Bis auf weiteres hatten sie ein Hotelzimmer in der Nähe reserviert. Zum ersten Mal in ihrem Leben durfte Jet sie nicht begleiten. Ihr Vater war fest entschlossen. »Du bist jung und hast größere Chancen«, hatte er nüchtern festgestellt, und obwohl es überzeugend geklungen hatte, verstand sie nicht, warum sie allein den Zug nach Haarlem nehmen sollte.

Als nüchterne Groninger, die sie waren, fiel der Abschied nicht allzu rührselig aus. Noch im Haus, gleich vor der Haustür, nahm ihre Mutter sie fest in die Arme. Sal hielt angespannt seinen Hut fest, ließ ihn dann von einer Hand in die andere wandern. Sobald er ihn aufsetzt, muss ich gehen. Jet fragte sich, ob ihm klar war, dass sie schon seit Monaten einen Freund hatte? Schickte er sie deshalb weg? Nein, im Gegenteil, dann hätte er sie eher bei sich behalten. Er segnete sie, eine Geste, die sie von früher kannte, wenn er auf Auslandsreisen ging. Wortlos legte er ihr die Hand auf den Kopf, küsste sie dann und versprach, dass sie sich bald wiedersehen würden. Sie würden telefonieren, sooft wie möglich.

»Vergiss nicht: Nicht zurückschauen. Nach vorn schauen und in die Pedale treten.« Er setzte seinen Hut auf.

Wenig später standen sie mit ihrem Gepäck in der Gasse. Jets Koffer war bleischwer, aber sie klagte nicht, sonst hätte sie die Tänzerin auspacken müssen. Ihr Vater drehte den Schlüssel noch einmal im Türschloss um, ihre Mutter studierte die Gehwegplatten. Nach einem letzten flüchtigen Kuss – ihr Vater hatte in der Diele noch gesagt, dass sie draußen nicht auffallen dürften – lief Jet, ganz krumm vom Gewicht ihres Koffers, in die Gravenstraat. Sie wusste, dass ihre Eltern ihr nachschauten. Nach ein paar Schritten bückte sie sich, um ihre Schnürstiefelchen fester zu binden, und sah noch einmal zurück. Sie winkte und versuchte ein Lächeln. Sie hatte Angst, sich mitten auf der Straße übergeben zu müssen.

Ihr Vater hatte einen Jungen zum Koffertragen organisiert – er sollte um die Ecke auf sie warten –, nicht ahnend, dass Misha sie zwei Straßen weiter abpasste. Gleich nach der Ankündigung ihres

Vaters hatte sie Misha gebeten, mit ihr zu kommen. Er hatte nicht gleich zugestimmt, er wollte seine Arbeit nicht aufgeben, außerdem würde er sie durch seine Anwesenheit unnötig in Gefahr bringen. Doch Jet bestand darauf, sonst würde sie auch nicht fortgehen. Und wenn sie hierbliebe, wäre sie in viel größerer Gefahr.

Misha blieb skeptisch, aber Jet hörte nicht auf zu drängen. Und als in dieser Woche einer seiner Freunde aus heiterem Himmel am Bahnhof festgenommen wurde, gab er klein bei: In Amsterdam waren sie beide in Gefahr, und vielleicht war es ja auch ihre einzige Chance, zusammenzubleiben.

»Der Frühling«, sagte Henk eines Tages, »bringt leider nicht viel Gutes.« Die neuen Nachbarn seien Leute »aus der falschen Ecke«. Zu Herrn van Keulens Familie gehörten zwar zwei nette Kinder, aber er selbst könnte Schwierigkeiten machen.

Es war unvermeidlich, dass Jet dem Nachbarn begegnete. Van Keulens Auftreten war selbstsicher; er hatte einen kantigen Unterkiefer und dichtes, welliges Haar. Seine dunklen Augen fielen ihr sofort auf. Er entspricht nicht seinen eigenen Rassegesetzen, hatte sie zu Henk gesagt. »Du zum Glück auch nicht«, hatte Henk mit einem Zwinkern erwidert.

Das Möbelgeschäft, dessen Geschäftsführer van Keulen war, lag in der Nähe ihres Viertels. Er kam täglich zum Mittagessen nach Hause und suchte Jets Aufmerksamkeit, sobald sie im Garten auftauchte. Wenn er nach dem Mittagessen noch eine Weile im Garten saß, drängte er sie, ihm Gesellschaft zu leisten. Er begrüßte sie freundlich, fragte, wie es ihr gehe. Wie sie das Viertel finde, hatte er am Anfang sogar wissen wollen und aufrichtiges Interesse gezeigt. Wenn er nicht ab und zu in Uniform gewesen wäre, hätte sie ihn nicht einschätzen können.

Sie wagte nicht, ihm zu antworten, konnte ihn aber auch nicht ignorieren – Henk hatte sie nachdrücklich gebeten, ihm keine Steine in den Weg zu legen. Vorläufig schien Henk sich über den Nachbarn keine großen Sorgen zu machen, aber er hatte Jet gewarnt, dass sie sich auf keinen Fall verraten dürfe. Sie trug jetzt einen anderen Nachnamen, und wenn der Nachbar danach fragte, sollte sie ihn so überzeugend und selbstverständlich wie möglich nennen. Das hatten sie schon mehrfach zusammen geübt – schließlich konnte es auch Henk den Kopf kosten.

Jet fürchtete die sonnigen Frühlingstage.

Van Keulens Garten und der von Henk grenzten aneinander. Zwischen den Gärten hatte es nie eine Hecke gegeben, mit den alten Nachbarn war Henk befreundet gewesen. Nachdem vor einem halben Jahr die van Keulens eingezogen waren, hatte Henk rasch begriffen, dass er sich mit diesem Uniformträger nicht anlegen durfte. Henks Vorschlag, eine Hecke zu pflanzen, lehnte van Keulen vehement ab, und damit war das Thema sofort vom Tisch.

Trotzdem gab es für Henk keinen Grund, seine Lebensweise zu ändern. Er war sich von Anfang an der Gefahren bewusst gewesen, die er auf sich nahm, ganz gleich, wer sein Nachbar war. Misha durfte auf keinen Fall den Keller verlassen, aber Jet war nichts weiter als sein blondes Groninger Dienstmädchen. Dass ein alleinstehender Mann gern eine hübsche junge Frau im Haus hatte, konnte schließlich jeder verstehen.

Pech war nur, dass der Nachbar binnen weniger Tage für Jet dahinschmolz. Seit der ersten Begegnung konnte er die Augen nicht von ihr lassen. Das hatte er ihr selbst gesagt, aber gelegentlich schlug sein Ton um. Wenn sie einfach weiter die Wäsche aufhängte, ihre Arbeit nicht unterbrach, um ihm zu antworten, fragte er gereizt, ob sie denn immer so angespannt sei.

Jet hatte sich vorgenommen, Misha nicht mit den Dingen zu beunruhigen, die oben im Garten vor sich gingen; sie teilte ihm nur die Neuigkeiten mit, die sie von Henk hörte, und die bestätigten ihren Eindruck, dass sie gut daran getan hatten, nach Haarlem zu gehen. Obwohl sie immer noch wegen Mishas schlechter Unterbringung Schuldgefühle hatte und er einmal fast an einem hartnäckigen Husten erstickte, zweifelte sie doch nie an ihrer Entscheidung. Besser als bei Henk hätten sie es nicht treffen können, hier waren sie gut aufgehoben.

Am Dienstag und Donnerstag waren van Keulens Frau und die Kinder über Mittag nicht zu Hause, sie kamen erst nach seiner Pause wieder zurück. Jet hatte ihren Waschtag schon bald der Anwesenheit ihrer Nachbarin angepasst, um nicht mit ihm allein zu sein, aber van Keulen kam dienstag- und donnerstagmittags ohne jede Scheu auf ein Schwätzchen in Henks Garten.

Es war an einem Donnerstag gegen zwei Uhr. Jet fegte gerade den Fußboden, als er fragte, ob sie kurz mit ihm kommen könne. Er habe ein kleines Küchenproblem und als Mann nun einmal wenig Ahnung vom Kochlöffelschwingen. Seine Frau bereite sonst immer etwas für ihn vor, was sie heute aus irgendeinem Grund nicht getan habe. Jet fühlte sich in die Enge getrieben, wusste aber, dass es vernünftig war, sich zu fügen. Zögernd lehnte sie ihren Besen an den Schrank, trocknete die Hände an der weißen Schürze ab und ließ beim Hinausgehen die Hintertür zum Garten absichtlich offen, um es sich dann doch anders zu überlegen: Sie musste auf jeden Fall verhindern, dass sich jemand ins Haus schlich und womöglich Misha entdeckte. Sie eilte zurück, verschloss die Tür und steckte den Schlüssel ein. Dann folgte sie van Keulen in seinen Garten. Einen Moment so über das Gras zu gehen, war nicht unangenehm, die meiste Zeit verbrachte sie ja auf immer denselben Quadratmetern. Den wenigen Quadratmetern über der Erde, um die Misha sie so sehr beneidete, dass er sich manchmal zu einer unfreundlichen Bemerkung hinreißen ließ. Es gehe nun mal nicht anders, sagte sie dann nüchtern. Sie mussten diese Zeit irgendwie überstehen.

Auf ihrem kurzen Spaziergang durch die beiden Gärten erzählte er, dass es jetzt wirklich ernst werde mit dem Krieg, es gebe sogar neue Gesetze. Jet zwang sich zu einem Lächeln. »Überall wird jetzt aufgeräumt«, setzte er hinzu.

»Aufgeräumt?«

»Mit den Juden«, sagte er.

Durch die offenstehenden Terrassentüren waren sie in sein Wohnzimmer gelangt. Jet konnte die Augen nicht abwenden von den Wänden, an denen ein Gemälde neben dem anderen hing.

»Bist du gern am Strand?«, fragte er freundlich, während er mit einem halben Lachen die im Sand spielenden Mädchen auf einem der Bilder betrachtete.

Sein liebenswürdiger Ton verwirrte Jet, sie wusste nicht, was sie antworten sollte. Er ging ihr weiter voran, in die Küche, wo er auf die Einkaufstasche auf der Anrichte zeigte. Er sei ein großer Kunstliebhaber, sagte er und kam auf sie zu. Sie wich zurück, und spürte jetzt die Anrichte in ihrem Rücken.

»Wir haben die Kunst, damit wir nicht an der

Wirklichkeit zugrunde gehen. Weißt du, wer das gesagt hat?«

Jet schüttelte den Kopf, sie wusste nur, dass van Keulen zu nahe neben ihr stand. Widerstrebend drehte sie sich um und packte langsam die Tasche aus. Sie spürte, wie er ihr weiter auf den Leib rückte.

»Warum arbeitet ein bildhübsches Mädchen wie du als Dienstmädchen?«, flüsterte er ihr ins Ohr.

Jets Knie zitterten.

»Nur ruhig«, sagte er und fasste ihr an den Hintern.

Das wolle sie nicht, bat sie hilflos. Sie dachte an das, was Henk gesagt hatte, »eine Uniform verlangt Gehorsam« – und machte dennoch einen Versuch, sich zu schützen.

»Nur ruhig«, wiederholte er und ließ seine Hand unter ihr Kleid wandern. »Ich weiß, wer du bist, und ich werde dich nicht verraten. Ich hab dich lieb. Deshalb will ich dich bei mir haben.«

Jet ließ den Kopf hängen und starrte auf das Muster der Anrichte, sie suchte irgendetwas, das ihn ablenken könnte.

»Vom ersten Tag an«, sagte er, »als ich dich sah. Ich wollte dich sofort.« Seine Stimme wurde leiser, sein Atem schneller. Während er sie zu sich drehte, riss er die Knöpfe ihres Kleids auf.

Jet wagte nicht, sich zu bewegen. Sie kniff die Augen zusammen. Er war keinen Blick mehr wert.

Als sie sehr langsam in Henks Garten zurückging, den Garten des Hauses, in dem sie sicher sein würde, fühlte sie Schwindel und Verzweiflung. Sie hatte sich nicht schützen können, und der einzige Gedanke, der ihr jetzt noch Trost schenkte, war, dass sie wenigstens Misha beschützt hatte. Sie zerrte den Schlüssel aus der Schürzentasche, es kostete sie viel Kraft, die Tür zu öffnen. Einige Haarsträhnen, die sich aus ihrem Zopf gelöst hatten, hingen ihr ins Gesicht.

Sie eilte zum Spiegel in der Diele, um sich wieder herzurichten. Dass es so wehtun würde, hatte sie nicht gewusst. Sie starrte in den Spiegel und nahm die Bürste mit dem Silbergriff, die sie von zu Hause mitgebracht hatte. Langsam flocht sie ihr langes Haar wieder streng nach hinten zu einem Zopf. Dann berührte sie mit dem rechten Zeigefinger ihre Lippen. Ich hab dich lieb, hörte sie ihn wieder sagen. Sie spürte ihn noch zwischen ihren Beinen.

Er hatte nicht viele Worte gebraucht, um ihr klarzumachen, dass er sie noch oft haben wolle und dass sie in ihrer Position am besten den Mund hielte.

Sie wollte sich waschen.

Jet machte sich wieder an die Hausarbeit. Sie suchte Trost in dem Gedanken, dass Misha in Sicherheit war. Sie würde weiter in die Pedale treten und nach vorn schauen.

Eines Tages wäre es dann vorbei. Irgendwann ging alles vorbei.

In der nächsten Zeit verletzte sie sich häufiger als früher. Sie stieß sich, ein blauer Fleck folgte dem nächsten, und sie schnitt sich, ständig hatte sie Pflaster an den Fingern. Sie ärgerte sich über ihre Zerstreutheit. Und Misha fragte, wo sie denn mit ihren Gedanken sei. »Hier, wo sonst«, gab sie heftig zurück.

Erst zwei Wochen nach diesem ersten Mal hörte sie van Keulen wieder pfeifend in den Garten kommen. Sie wollte sich wegducken, aber unglücklicherweise hatte sie selbst an diesem Tag das Küchenfenster offen gelassen, damit sie ihn hören konnte. Ohne jede Hemmung klopfte er an die Küchentür, während sich Jet im Wohnzimmer versteckte. Wenn Henk nur öfter zu Hause sein könnte oder früher aus der Druckerei nach Hause käme, dachte sie. Aus Sorge, Misha könnte hören, wie van Keulen nach ihr rief, verließ sie ihr Versteck.

»Gut so, Mädchen«, sagte van Keulen in freundlichem Ton, als sie die Tür öffnete. »Das hat aber lange gedauert.«

Jet wollte sich rechtfertigen, schwieg aber und gönnte ihm keinen Blick. Quälend langsam berührte er mit den Fingerspitzen ihre Wange, und noch immer starrte sie auf ihre Füße.

»Es ist niemand da«, sagte er. Jet reagierte nicht.

Während der paar Dutzend Schritte zwischen ihren beiden Häusern ließ er die rechte Hand auf ihrem Hintern liegen, eine scheinbar liebevolle Geste, die ihr Übelkeit verursachte. Sie versuchte sich damit herauszureden, dass Henk heute früher nach Hause käme.

»Das interessiert mich nicht.«

Van Keulens Haus hatte beinahe dieselbe Einteilung wie das von Henk, nur waren die Stufen zum Garten völlig abgetreten, das Holz war verfault. Van Keulen verriegelte von innen die Tür zum Garten.

»Es tut mir leid, Herr van Keulen, aber ich habe keine Zeit.«

»Immer mit der Ruhe, Liebes. Du bist so nervös, das ist nicht gut für dich.«

Als er seine rechte Hand unter ihre Schürze gleiten ließ und versuchte, seine Finger zwischen ihre Beine zu stoßen, presste sie die Oberschenkel fest zusammen. Aber er war stärker. »Gut so, Mädchen«, sagte er erneut mit gedämpfter Stimme. Seinen Körper sah sie nicht, nur seinen linken Arm, der ihren Unterleib umschlang. Nach einigen Minuten fühlte sie, wie ihr Widerstand nachließ. »Gut so, mein Liebes«, flüsterte er, »ich will, dass du dich frei fühlst, dass du es genießt.« Wie sollte sie sich je wieder frei fühlen, nach dem, was er ihr angetan hatte? Trotzdem wurde ihr jetzt ganz heiß, sie konnte nichts tun als nachgeben, sie ließ den Kopf in den Nacken fallen und ergab sich. Während ihr Körper unkontrolliert zu zucken begann, hörte sie ihn wieder in ihr Ohr flüstern. »Du bist mein Mädchen.«

Sie hatte vollkommen die Kontrolle über sich verloren.

»Wir sind noch nicht fertig, mein Liebes«, sagte er, als sie gerade wieder zur Ruhe gekommen war, drehte sich mit einem Ruck um, schob ihr Kleid nach oben und öffnete fast gleichzeitig seine Hose. »So will ich dich jeden Tag. Jeden Tag«, stöhnte er.

In den folgenden Wochen hatte Henk den Eindruck, dass Jet langsamer arbeitete, oft abgelenkt und bekümmert war. Ob sie nicht einmal einen Nachmittag freinehmen wolle, fragte er sie eines Abends. Aber Jet, die gerade Gemüse wusch, schüttelte den Kopf. Sie danke ihm für das Angebot, aber es sei schon gut so. Er blieb noch einen Augenblick neben ihr stehen. Ob sie schon immer an den Nägeln gekaut habe, fragte er. »Ja, schon immer«, log sie.

Henk nickte verständnisvoll und verkniff sich eine Bemerkung über das Pflaster an ihrem Zeigefinger.

Jet versuchte, konzentriert weiterzuarbeiten. Aus Scham wandte sie ihr Gesicht ab. Sie wusste schon gar nicht mehr, was sie alles verbergen musste.

Abends fiel sie todmüde ins Bett. Ihr fehlte sogar die Kraft zum Ausziehen. Sie wollte sich waschen, die Zähne putzen und ihre langen Haare bürsten, aber sie war so furchtbar erschöpft, dass ihr einfach die Augen zufielen. Sie sah sich mit ihrer Schürze auf der Straße, inmitten einer riesigen Menschenmenge. »Seht mal, das Dienstmädchen«, hörte sie einen Jungen rufen. Sie hatte keine Ahnung, wer die Leute waren. Ehe sie sich versah, liefen Dutzende von Männern Arm in Arm hinter ihr her. Sie bildeten eine undurchdringliche Mauer, und Jet musste sich in eine enge Gasse flüchten. Sie wollte weglaufen, aber es war eine Sackgasse. Schließlich musste sie sich wohl oder übel umdrehen und blickte in Hunderte von Gesichtern. Überall sah sie schmutzige Hände, schmuddelige Jacken, die Männer hatten fast alle Mützen auf dem Kopf. »Lasst mich durch«, schrie sie, was die Männer aber nur veranlasste, sie an den Schultern und an den Hüften festzuhalten. »Ich arbeite dort, ein Stück weiter vorn, man wartet auf mich«, setzte sie noch einmal an. »Ja, bestimmt, auf ein Dienstmädchen!«, rief ein jüngerer Mann. »Zeig uns mal deine Dienste!« Es folgte ein ohrenbetäubendes Johlen. Sie stieß so fest sie konnte um sich, aber es gab kein Entrinnen. Sie roch die Alkoholfahne der Männer.

»Was ist denn los?«, fragte Henk.

Jet schreckte auf.

»Alles in Ordnung?«

Jet klammerte sich an ihre Decke. »Nur ein bisschen Angst«, gab sie zögernd zu.

Wegen des kümmerlichen Lichts im Keller hatte Misha die leichte Wölbung unter ihrer Schürze zwar nicht gesehen, aber doch gespürt und sie schließlich gefragt, ob sie Probleme mit dem Magen habe. Jet reagierte apathisch, aus Sorge, dass er die richtigen Schlüsse ziehen könnte.

Jet und Misha waren immer vorsichtig gewesen, sie wollten damit warten, bis sie eines Tages wieder in Sicherheit wären. Sie drehte sich von ihm weg.

Jet hatte van Keulen angefleht, sie zu schützen. »Ich hab dich lieb«, antwortete er jedes Mal. »Ich sorge dafür, dass du nicht abgeholt wirst.«

Doch das hatte sie nicht gemeint.

Als Misha zum zweiten Mal nachfragte, konnte Jet nicht länger schweigen. Misha musste wissen, was oben vor sich ging, dass van Keulen von ihr Besitz ergriffen hatte und wie machtlos sie war. Gleichzeitig schämte sie sich, dass sie die Kontrolle über sich verloren hatte. Wie sehr sie sich auch bemühte, sie konnte van Keulen nicht nur als den Mann sehen, der sich an ihr verging. Aber diesen Gedanken würde sie niemals laut aussprechen. Ob sich auch Henk fragte, ob sie schwanger war? Er würde an die Decke gehen bei dem Gedanken, dass sie unvorsichtig gewesen waren, dass sie ihre Sicherheit aufs Spiel gesetzt hatten. Sie musste die Wahrheit sagen, das war Jet bewusst.

Wenn van Keulen gewusst hätte, dass sie ihren Freund versteckte, hätte er Misha schon längst denunziert. Sie war davon überzeugt, dass van Keulen glaubte, in ihrem Leben gebe es keinen Mann. Sie merkte, wie er immer mehr nach ihr verlangte. Und die freundlichen Worte, die er für sie fand, stürzten sie in immer größere Verwirrung. Oft sprach er über Kunst, er konnte sich lange über ein bestimmtes Gemälde verbreiten oder eine Skulptur, die ihn beeindruckt hatte. Wenn sie fragte, ob sie eines dieser Kunstwerke sehen dürfe, sagte er, dass er die Bilder nie mit nach Hause nehme, nur etwas dazu notieren müsse. Er führe eine Liste über den Wert, Namen und Adressen, weiter habe er nichts damit zu tun. Je länger er mit ihr sprach, desto größere Eile hatte er danach. Aber er nahm sie jedes Mal liebevoll in den Arm.

Jet wollte mit ihrem wachsenden Bauch nichts zu tun haben, ihr Körper widerte sie an, das Leben, das sie dort spürte, der Gedanke daran, wie es entstanden war. Sie ekelte sich vor sich selbst, vor allem, was damit zu tun hatte.

Sie erzählte Misha davon. Warum sie nicht schon früher darüber gesprochen hatte? Er hatte sowieso schon kein Leben, und jetzt das?

Sie versuchte, ihn zu beschwichtigen. Sie waren gemeinsam hier im Haus, um es gemeinsam und lebend wieder zu verlassen, das war das einzige Ziel, das sie vor Augen hatte. »Wenn du nicht hier bei mir gewesen wärst, ich hätte es nicht überlebt«, sagte sie.

Das machte seinen Groll nicht geringer, aber er

gab sich große Mühe zu begreifen, was vorgefallen war.

Als Jet in Tränen ausbrach, nahm er ihr Gesicht in seine Hände. »Mein Liebes«, flüsterte er. Und Jet sah in seinen Augen, wie sehr es ihn schmerzte. »Dass dieser Dreckskerl …« Sie hätte es ihm gleich erzählen müssen, das sei ein viel zu großes Opfer. Er wolle weggehen, Henk nach einer anderen Adresse fragen, bei Bekannten oder Verwandten, das hier, das könne er nicht zulassen.

Mit geballten Fäusten hämmerte sie auf seine Brust.

»Du darfst mich nie verlassen, niemals!« Sie fasste für sich den Entschluss, das Kind auszutragen und sich dann von ihm zu trennen. Auch das würde sie überleben. Jet legte den Kopf auf Mishas Brust und ließ ihren Tränen freien Lauf.

Sie vermisste ihre Mutter.

Der Geruch von Mishas Körper beruhigte sie. Sie wagte auszusprechen, woran sie gerade dachte: Das Kind jetzt gleich zu töten oder direkt nach der Geburt. Kein Mensch musste mitbekommen, dass sie ein Kind geboren hatte, sie ging sowieso nie aus dem Haus. Dann wäre es vorbei, nichts weiter als eine schlimme Episode in einem Alptraum.

Misha bestand darauf, dass sie mit Henk darüber sprach, am besten in Mishas Anwesenheit.

Sie wartete auf den richtigen Zeitpunkt. Wochentags kam Henk oft erst spät aus der Druckerei nach Hause, das Abendessen war also nicht der richtige

Moment. Genauso wenig das Frühstück. Henk brauchte seine morgendliche Ruhe vor der Arbeit. Dann vielleicht doch später am Abend, wenn er sich im Wohnzimmer ein Gläschen genehmigte?

Zu Mishas Unmut ließ sie noch drei Tage verstreichen.

Als Henk nach dem Essen im Wohnzimmer die Zeitung las, fragte sie ihn, ob er kurz Zeit für sie habe. Jet ging davon aus, dass Henk einer Abtreibung nicht zustimmen würde. Er stammte aus einer religiösen Familie. Und vermutlich war es dafür auch schon zu spät.

»Entschuldigung«, sagte sie nervös. Unbehaglich drehte sie ihren langen Zopf hin und her. Tini sah von ihrem Platz an der Wand ermutigend zu ihr herab. »Ich würde gern etwas mit Ihnen besprechen«, sagte sie vorsichtig.

Er deutete auf den Stuhl gegenüber dem grünen Sofa und legte seine Zeitung weg.

»Ich stehe lieber«, sagte Jet. Auf dem Sofa saßen nur Gäste, Freunde. Wenn abends jemand bei Henk vorbeischaute, was sehr selten vorkam, blieb Jet bis zum nächsten Morgen in ihrem Zimmer und räumte erst dann die Gläser weg. Er wiederholte seine Geste. Kerzengerade nahm sie auf dem Stuhl Platz. Sie trug noch immer ihre Arbeitsschürze, sie hatte sie bewusst anbehalten.

»Der Nachbar«, sagte Jet. »Herr van Keulen.«

Henk nickte.

»Er belästigt mich.«

»Hier? Bei uns im Haus?«, fragte Henk entsetzt.

Jet schüttelte den Kopf. »Er holt mich ab.«

Henk seufzte. »Was können wir tun, ohne ihn gegen uns aufzubringen? Er ist ein ziemlich großes Tier in der Partei, er muss nur mit den Fingern schnipsen, und sie holen euch ab.«

»Ich weiß«, entgegnete Jet rasch, »aber die Situation ist außer Kontrolle geraten.«

Sie ließ das Kinn auf die Brust sinken und legte ihre Hände auf den Bauch.

»Das ist nicht wahr!«

»Es tut mir furchtbar leid.«

Henk sprang auf, lief vor dem Sofa auf und ab und fluchte durch die Zähne. Er fragte, ob sie sich ganz sicher sei.

Jet nickte.

»Dass es von dem dort ist«, betonte Henk, als ob seine Frage nicht klar gewesen wäre.

Jet nickte erneut.

»Oh Gott«, stieß Henk hervor. »Weiß er davon?«

Jet ging davon aus, dass er es gesehen hatte, ohne ein Wort darüber zu verlieren. Sie ließ die Hände auf ihrem Bauch liegen, und ihr wurde schlecht von der ganzen Situation.

»Weiß er, wer du bist, wer du wirklich bist?«

»Ja.« Sie ließ die Arme hilflos hängen. »Und obwohl er es weiß, hat er mir von den neuen Abholsystemen erzählt, die sie in Deutschland entwickelt haben, wie grandios die sind.«

»Wie oft?«

»Jede Woche«, antwortete sie und kaute an ihren Nägeln.

Henk blieb am Fenster stehen. »Furchtbar«, sagte er bekümmert. Er rieb sich mit der Hand über den Mund. »Ich kann nicht mit ihm reden, Jet. Eine Auseinandersetzung wäre viel zu gefährlich. Wenn er sich bedroht oder ertappt fühlt, wird er dich verraten.« Henk seufzte. »Ich weiß nicht, ob wir das riskieren sollen.«

Wir, sagte er.

Eine ruhige Woche ging vorüber, Jet arbeitete und besuchte Misha. Sie war oft müde, gegen Abend manchmal sogar vollkommen ausgelaugt.

Ihr Körper ließ sie im Stich, aber ihr Kopf war fest entschlossen, nicht daran zu zerbrechen. Am schlimmsten war ihre Wut, ein ständiger Zorn, der durch ihren Körper flutete. Als ob sie zuschlagen, zerstören müsste, alles kaputtmachen, was ihr im Weg stand. Sie hatte sich so sehr danach gesehnt, ihre Eltern bald wiederzusehen, und nun hoffte sie, dass es vorläufig nicht dazu kam.

Henk hatte gesagt, dass ihr Problem auch sein Problem sei. Er habe darüber nachgedacht und wolle noch einmal in Ruhe mit ihr darüber reden. »Willst du es behalten?«, fragte er plötzlich.

Jet schüttelte den Kopf. »Ich will es so schnell wie möglich los sein.«

Henk fragte, ob sie wirklich sicher sei. Sie hatte nicht den geringsten Zweifel.

»Gut«, meinte Henk, »dann musst du mit van Keulen darüber sprechen.«

Das bringe sie nicht über sich. In drei Monaten werde sie bestimmt klarer sehen.

»Nein, Jet, wir warten nicht, wir müssen jetzt eine Lösung finden. Wir könnten das Kind dem Widerstand übergeben.«

Weggeben schien Jet eine ausgezeichnete Idee. Am liebsten wäre ihr gewesen, sie hätten es schon jetzt aus ihr herausgeholt.

Es war ein kalter, sonniger Donnerstagmorgen. Frau van Keulen und ihre Kinder würden um die Mittagszeit das Haus verlassen.

Jet wartete. Um halb zwei strich sie ihre Schürze glatt und ging nach nebenan. Auf dem Weg schob sie noch ein paar lose Strähnen hinters Ohr und räusperte sich zwei Mal. Sie stand vor einer Haustür mit einem kleinen vergitterten Fenster auf Augenhöhe. Man konnte nicht hineinsehen. Sie klingelte.

Van Keulen öffnete, erstaunt, er hatte keinen Besuch erwartet. »Was ist denn los?«

Zum ersten Mal in all der Zeit war sie einfach durch die Haustür gekommen. Sie zog den Mantel aus. Abwartend stand er vor ihr, und Henk hatte recht, er schickte sie nicht weg.

Etwas hatte sich verändert, sie stand aufrecht da, ohne jede Angst. Ihr plötzlicher Besuch schien ihn zu verblüffen, er fragte sie, was sie von ihm wolle. Sie sah seine Stiefel in der Diele stehen und merkte, dass er die Augen nicht von ihr abwenden konnte. Sie spürte, dass er sie am liebsten angefasst hätte, sich aber zusammenriss. Die normalen Schuhe machen ihn freundlicher, dachte Jet. Sie hatte ihm alles sagen wollen, wusste aber plötzlich nicht mehr, wie sie es ausdrücken sollte. Er fragte wieder, jetzt ein bisschen leiser, was denn los sei. Sie lächelte zaghaft und hielt mit beiden Händen ihren kleinen Bauch. Er nickte. Es blieb still. Mit einem Mal ging ihr auf, dass sie einander gut kannten. Sie fühlte sich diesem Mann verbunden.

»Geht es dir gut?«, fragte er.

Sie sah auf seine Hände, die sie so oft auf ihrem Körper gespürt hatte, und nickte. »Das ist nicht das Problem«, sagte sie resolut. »Ich kann kein Kind brauchen.«

»Du musst keine Angst haben, dass dich dein Kind verrät. Ich sorge dafür, dass du nicht abgeholt wirst.«

Sie schüttelte den Kopf. »Sie verstehen mich falsch. Ich will das Kind nicht. Ich muss es loswerden.«

Er kam näher. »Mein Kind wird nicht getötet, hast du verstanden?«

Zum ersten Mal in all den Monaten schien sie unempfindlich für seine Macht zu sein, sie hatte nichts zu verlieren, tiefer konnte sie nicht sinken. Er konnte sie so oft vergewaltigen, wie er wollte, sie würde sein Kind nicht behalten.

Er fasste sie am Kinn und sagte, sie müsse ihm gehorchen. Nicht umsonst habe er ihr, verdammt noch mal, so viel Aufmerksamkeit gewidmet, er liebe sie, wie skandalös es auch sei, eine Jüdin zu lieben. Sie zuckte nicht mit der Wimper.

»Selbst wenn wir dann nicht genug zu essen haben, das Kind kommt zu mir.«

Jet konnte nicht anders, als ihn spöttisch ansehen. Ein NSB-Mann, der ein jüdisches Kind großzieht? Die Welt ist noch voller Wunder. Vor Nervosität begann sie zu lachen.

»Hast du mich gehört?«, fragte van Keulen mit Nachdruck.

Jet reagierte nicht.

»Du bringst es zur Welt. Meine Frau wird für das Kind sorgen. Keiner weiß, dass es von dir ist. Auch das Kind darf nie erfahren, wer seine Mutter ist. Ansonsten ändert sich nichts. Ich sehe dich weiterhin. Ich muss dich sehen.«

Jet reagierte noch immer nicht. Eine solche Spannung hatte sie noch nie gespürt. Sie nickte, während sie beschloss, Streichhölzer neben ihr Bett zu legen. Was sie nach der Geburt ihres Kindes tun würde, war allein ihre Entscheidung.

»Ich habe dir doch gesagt, dass ich dich beschützen werde.« Er küsste sie auf den Mund, ausgerechnet – das fand sie am schrecklichsten. »Hast du mich gehört?«

Sollte sie seine Vergewaltigungen etwa als Liebeserklärungen interpretieren? Ein paar Sekunden lang hatte sie das wahnsinnige Gefühl, dass er sie wirklich liebte.

Jet hastete zurück nach Hause. Sie sah niemanden, hörte aber das Geräusch von Rädern ohne Gummireifen. Erst nach ein paar Metern radelten zwei Jungen vorbei.

Van Keulen war noch verrückter, als sie gedacht hatte. Henk würde ihr nicht glauben. Während sie ihren Mantel zusammenlegte, dachte sie an ihre Eltern. Sie hoffte, dass sie nie erfahren würden, was hier vor sich ging, genau wie das Kind nie erfahren sollte, wo es herstammte, wie lieblos es gezeugt worden und wie es in diese Welt geraten war. Ihre Eltern würden nicht wissen, dass sie Großeltern waren, sie würden Jet wiedersehen, und dann würde sie ihnen sagen, dass sie Misha heiraten wolle, weil er, nur er allein, der Mann war, bei dem sie sich sicher fühlte, bei dem sie Ruhe fand. Sie würde sie überzeugen, sie würden einsehen, dass es nicht so schrecklich war, einen Flüchtling zu lieben. Vielleicht ist es dafür gut gewesen, dachte sie, vielleicht hilft uns der Krieg einzusehen, wie unwichtig vieles ist. Und dann könnte Misha in einem der Geschäfte arbeiten, die ihr Vater vermietete, dann müsste er nicht länger am Bahnhof Koffer schleppen. Sie würde es gleich ansprechen, gleich mit ihrem Vater eine Lösung suchen.

Sie lief die kurze Treppe hinab und öffnete behutsam Mishas Zimmertür. Er lag auf dem Bett.

Sie schmiegte sich an ihn, wärmte sich an seinem Körper. »Komm nur, mein Liebes«, sagte er. Sie legte seine Arme um sich. »Was ist denn passiert?«

Sie schloss die Augen und ließ ihren Tränen freien Lauf.

Misha war von van Keulens Plan mindestens ebenso überrascht wie Jet. Er war beeindruckt, hatte nicht erwartet, dass das Ego des Nachbarn so groß wäre, dass er sogar die Frucht seiner Vergewaltigungen bei sich aufnehmen wollte. Das ist doch gut, tröstete Misha Jet, so bekommt das Kind ein Leben, ohne dass du in Schwierigkeiten gerätst. Sie sagte, lieber würde sie es umbringen, aber Misha schüttelte den Kopf. Vielleicht hatte van Keulen recht. Vielleicht war das alles nicht nötig, nachdem er sich heute zu seiner Verantwortung bekannt hatte. Seine Frau würde ihm gehorchen, sie war mindestens ebenso wehrlos wie Jet. Dennoch gab Jet die Hoffnung nicht auf, dass das Kind nicht lebend zur Welt käme. Sie dachte an eine Freundin ihrer Mutter in Groningen, die eine Fehlgeburt gehabt hatte. Wenn ihr dasselbe passierte, müsste sie sich nicht schuldig fühlen und das Kind nicht in dieser Familie aufwachsen lassen.

Anders, als erhofft, verlief die Geburt glatt, obwohl Jet ganz auf sich allein gestellt war – sie hätte Henk um Hilfe bitten können, aber das wollte sie nur tun, wenn es unbedingt notwendig wäre. Erschöpft, aber mit einem Gefühl der Unbesiegbarkeit hielt sie das Kind im Arm, sie wusste, was sie zu tun hatte.

Zuerst trocknete sie das Bübchen ab. Dann hielt sie es ruhig im linken Arm, während sie mit müder Hand nach den Streichhölzern griff. Es waren nur noch drei Stück. Sie hatte Henk noch nicht nach einer neuen Schachtel für den Gasherd zu fragen gewagt, er durfte nicht wissen, was sie vorhatte.

Das erste Streichholz zerbrach. Ihr linker Arm zitterte, aber sie wollte das Kind nicht hinlegen.

Das zweite Streichholz brannte.

Ohne zu zögern, hielt Jet das Zündholz einige Sekunden lang an die Fußsohle ihres Sohnes, knapp unter der Ferse. Das Kind begann zu weinen – ein schwaches Wimmern.

Jet löschte die Flamme und umschloss das Füßchen mit ihrer Handfläche. Sie spürte die verbrannte Haut und drückte den Kleinen an ihre Brust. Langsam wiegte sie ihn hin und her. Wie hatte sie ihm je den Tod wünschen können?

»Ich halte dich nur kurz. Nur ganz kurz. Für alle Ewigkeit.«

Tief in der Nacht sollte Henk dem Nachbarn das Neugeborene übergeben. Er hatte Jet in ihrer kleinen Kammer zurückgelassen, das Kind in eine Decke gewickelt und seinen dunklen Schopf mit Geschirrtüchern bedeckt. Kurz schoss ihm der

Gedanke durch den Kopf, das Kind hier bei sich im Haus zu behalten.

Mit verschränkten Armen wartete Frau van Keulen neben ihrem Ehemann. Sie gönnte Henk nicht mehr als ein Nicken und unternahm keinen Versuch, ihm das Päckchen abzunehmen, mahnte die Männer nur, leise zu sein, die anderen Kinder dürften auf keinen Fall aufwachen.

Nachdem Henk die Geschirrtücher weggenommen hatte, hielt er das Kind van Keulens Frau hin. »Was für ein bildhübscher Junge«, sagte sie lächelnd. Ihr Mann hatte ihr erzählt, dass das Kind von einem Kollegen käme, von einem hohen Tier in der Partei. Frau van Keulen hatte sich zunächst gewehrt: Sie hätte keine Haushaltshilfe, sie käme mit der Arbeit nicht nach und dann noch ein zusätzliches Kind? Aber van Keulen hatte ihrem Mutterherzen geschmeichelt. Sie habe sich doch immer einen Sohn gewünscht. Und schließlich hatte sie zugestimmt. Vielleicht würde ein Neugeborenes in diesen finsteren Zeiten ein wenig Freude bringen. Van Keulen versprach, sein Bestes zu tun, um alles in gute Bahnen zu lenken, und überzeugte sie davon, dass sein Kollege nie kommen werde, um sein Kind zu besuchen. Das Kind werde Teil ihrer Familie werden.

Jet hatte nicht gewagt, dem Kind einen jüdischen Namen zu geben, sondern sich für den Namen ihres Lieblingscousins entschieden, den sie so sehr vermisste und von dem sie nicht einmal wusste, wo es ihn hinverschlagen hatte, ob er hatte untertauchen können oder mit seinen Eltern fortgegangen war. Sie freute sich auf den Tag, an dem sie ihn wiedersehen würde, an dem sie sich wieder in die Augen sehen könnten. Wenn Otto einen Witz machte, lachte er immer schon, bevor er ihn zu Ende erzählt hatte. Wenn sie an ihn dachte, fühlte sie, wie ihre Finger die seinen unter dem Sand berührten. Wie viele Sommer hatten sie als Kinder zusammen am Meer verbracht? Und ständig gegraben, sie konnten nicht genug bekommen von ihren Tunneln und Sandburgen. Am spannendsten war immer der Augenblick, wenn sich ihre Hände schon fast gefunden hatten, dann mussten sie jedes Mal losprusten. Otto war ihr immer ein Bruder gewesen und sie ihm eine Schwester.

Van Keulen konnte seine Augen nicht von dem Bübchen abwenden. Er fragte nach dem Namen und war überrascht. »Wunderbar«, sagte er, »wunderbar«, und dankte Henk für sein Kommen.

Jets Zimmertür stand einen Spalt offen, als Henk zurückkam. Vorsichtig warf er einen Blick hinein. Leises Wimmern erfüllte das Zimmer. Henk nahm sich vor, am nächsten Tag nicht zur Arbeit zu gehen. Misha, dachte er, ich muss Misha heraufholen.

Ob er eintreten dürfe, fragte er leise. Sie wandte sich ihm zu. »Mir ist so kalt.«

Henk eilte in sein Schlafzimmer, um eine zweite Decke zu holen.

»Hier, das hilft«, sagte er sanft.

»Es tut mir so leid, morgen mache ich alles sauber«, versprach sie matt.

»Das ist jetzt nicht wichtig.« Er streichelte kurz ihre Schulter. »Wenn du möchtest, wechsle ich die Laken.«

Sie schüttelte den Kopf. »Verkehrte Welt«, meinte sie mit einem kleinen Lächeln um den Mund. Mit geschlossenen Augen fragte sie, ob Misha schon Bescheid wisse, ob Henk es ihm sonst erzählen könne, sie sei noch zu erschöpft, um aufzustehen. »Aber sicher«, sagte Henk, »ich gehe gleich zu ihm.«

Der Weg zu Jets Kämmerchen führte durch das Wohnzimmer. Es fiel Misha schwer, aufrecht zu gehen, den Rücken zu strecken. Er blieb kurz vor Tini stehen, die er zum letzten Mal in Jets Elternhaus an der Wand gesehen hatte. Sie beobachtete, was er nicht miterleben konnte. Mühsam schleppte er sich weiter, hinter Henk her, der ihn zur Eile mahnte. Bei seiner Freundin angekommen, hielt er inne. Henk beschloss, sie allein zu lassen. »Vielen Dank«, sagte Misha, »dass du mich geholt hast.«

Henk klopfte ihm auf die Schulter und machte kehrt.

Misha setzte sich auf die Bettkante. »Mein Liebes.«

Jet glaubte zu träumen. Vorsichtig drehte sie sich zu ihm hin und sah ihn an. »Ein Junge«, flüsterte sie, »ein Junge.«

»Es ist gut, Liebes«, sagte er und streichelte ihre Wange. Trotz seines schmerzenden Rückens stand er auf, um saubere Kleider für sie zu holen.

Von dem Wasserhahn neben ihrem Zimmer hatte sie ihm oft erzählt. Er nahm zwei Handtücher, beschloss, dass im Moment das blaue besser geeignet war, und legte das weiße auf das Tischchen neben ihrem Bett, neben die Streichholzschachtel. Behutsam wusch er Jet und zog sie warm an, ihre Lippen waren blau vor Kälte.

Erst als sie eine Stunde später in unruhigen Halbschlaf versank, ging er wieder nach unten. An Tini vorbei in sein Versteck.

Dass sie sich schlecht fühlte, schrieb sie mal ihren geschwollenen Brüsten zu, dann wieder den Schmerzen zwischen ihren Beinen. So war das wohl nach einer Geburt. Sie wusste nicht, wie sie ihre geschwollenen Brüste kühlen konnte, vermutlich ließ das Ziehen irgendwann nach; ihr Körper musste schließlich erst begreifen, dass sie ihr Kind nicht stillte. Sie hätte es mühelos gratis mit Nahrung versorgen können, doch dieses Recht stand ihr nicht zu. Sie hatte sich selbst jedes Recht genommen.

Die Fenster zur Straße wurden immer häufiger geputzt; Jet stand jeden Tag dort und sah hinaus. Erst einige Wochen nach der Geburt nahm Frau van Keulen ihr Söhnchen mit ins Freie, aber immer nur sehr kurz. Hatte sie Angst vor Fragen? Van Keulen hatte sich garantiert eine gute Geschichte für neugierige Nachbarn ausgedacht. Korpulent, wie sie war, hätte sie außerdem wirklich schwanger gewesen sein können.

Wenn Frau van Keulen an Henks Haus vorbeikam, ging Jet kurzerhand auf sie zu. Vorsichtig warf sie einen Blick in den Kinderwagen, sie erkannte ihr Kind kaum wieder. Jet stellte unverfängliche Fragen, etwa, ob der Kleine durchschlafe und gut esse. Frau van Keulen schien die Neugierde des Dienstmädchens nicht unangenehm zu sein. Stolz führte sie den Neugeborenen vor und streichelte ihm dabei die Wange. Sie schien sich auch nicht darüber zu wundern, dass Jet in letzter Zeit so oft den Hauseingang kehrte. Wieder lernte Jet Frau van Keulens Tagesablauf auswendig: Morgens ging sie regelmäßig aus dem Haus, nachmittags war sie mit ihren Töchtern beschäftigt und hatte keine Zeit zum Spazierengehen. Jet sah jedes Mal in den Kinderwagen und fühlte ihr Kind, auch ohne es zu berühren. Sie ärgerte sich über sich selbst, konnte es aber nicht sein lassen. Wenn sie den Kleinen betrachtete, behielt sie beide Hände auf dem Rücken, mit fest ineinander verflochtenen Fingern.

Frau van Keulen klagte nie über mangelnden Schlaf, sie war verrückt nach ihrem Söhnchen. Jet wunderte sich über diese Hingabe und auch darüber, wie sehr sie sich des Kindes annahm. Fragte sie sich denn nie, wer seine Eltern waren? Was van Keulen ihr wohl erzählt hatte? Jet fiel es jedes Mal schwerer, wieder ins Haus zurückzugehen.

Henk hatte sie von Anfang an gewarnt, sie solle Distanz wahren. Deshalb hatte sie sich eine Handbewegung angewöhnt, wenn sie merkte, dass sie zu lange am Kinderwagen stehen blieb. Dann hob sie mit der rechten Hand ihre Schürze ein wenig und sagte, sie müsse jetzt wieder an die Arbeit gehen. Frau van Keulen hatte natürlich Verständnis dafür, verabschiedete sich freundlich und bat Jet, Herrn Henk Grüße auszurichten. Dann neigte Jet ein wenig den Kopf, sie durfte nicht vergessen, dass sie ein Dienstmädchen war, und lief schnell wieder zurück ins Haus. Er lächelt und hat saubere Sachen an, wiederholte sie im Stillen bei sich.

Jet drückte den Besen fest auf den Boden.

Die Nachbarn von gegenüber konnten sie sehen, sie musste auf der Hut sein und immer weiterarbeiten. Mittags hatte sie keinen Appetit. Sie hob ihr Brot lieber für Misha auf, dem eine Scheibe nicht reichte.

Wenn es regnete, fiel der Spaziergang aus, und Jet putzte keine Fenster, kehrte auch nicht vor der Haustür. Aber auch unabhängig vom Wetter gab es Wochen, in denen sie Otto nicht sah. Manchmal kam Frau van Keulen später als erwartet, und Jet verpasste sie. Außerdem wagte sie sich immer öfter nicht aus dem Haus, wenn sie in der Straße Uniformierte sah. Oder einfach die Nachbarn von gegenüber, die oft unfreundlich zu ihr waren. Sie wussten von nichts, aber Jet durfte kein Risiko eingehen. Zweimal am Tag die Haustür zu wienern, würde auffallen. Nach den ersten Monaten schien Otto weniger gern im Kinderwagen zu sein. Seit er krabbeln konnte, nahm Frau van Keulen ihn kaum noch mit auf die Straße.

Jet konnte der Verlockung, durch den Garten ins Nachbarhaus zu spähen, nur schwer widerstehen. Wenn die van Keulens draußen waren, suchte Jet sich einen strategisch günstigen Platz, um sie zu beobachten. Sie wusste, dass sie sich wie ein Spanner verhielt, aber solange es keiner mitbekam, tat es auch keinem weh. Nur ihr selbst.

Am schlimmsten war gewesen, als sie den kleinen Kerl in der Sonne auf Frau van Keulens Bauch hatte schlafen sehen, seine Ärmchen auf ihren schweren Brüsten. Sie hatte ihn gestreichelt, als wäre es die normalste Sache der Welt. Seit diesem Nachmittag konnte Jet ihre Nachbarin nicht mehr ausstehen.

Als kurz nach dem Abendessen unerwartet Besuch kam, saß Henk im Wohnzimmer. Jet lauschte dem Schlurfen seiner langsamen Schritte.

Auch Misha wird die Türklingel hören, dachte

Jet. Das Herz schlug ihr bis zum Hals. Sie wusste, dass er sich nicht rühren würde, dass er immer in seinem Versteck blieb. Bis auf das eine Mal, vor gut einem halben Jahr, als er gekommen war, um sie zu trösten und zu waschen. Jet blieb mit einem Buch in der Hand auf dem Bett sitzen. Sie las keine Zeile. Sie versuchte, ruhig zu bleiben, das musste nichts bedeuten. Zur Ablenkung dachte sie an Otto. In ihrem Buch lag ein kleines Schminkspiegelchen. Sie sah grau aus, abgemagert. Van Keulen sagte ihr oft, dass sie besser auf sich achten müsse.

»Die Zeit ist knapp«, hatte er ihr heute früh zugeflüstert und sie dann auf den Mund geküsst. Sie wusste, worauf er hinauswollte, sie sollte wieder zu ihm kommen, wenn seine Frau ein wenig länger ausblieb. Van Keulen ging weniger Risiken ein als früher. Er fasste sie zwar noch an, aber er kannte seine Grenzen. Es kostete Jet immer größere Mühe, die Dinge auseinanderzuhalten. Bei ihm im Haus konnte sie Otto sehen.

Inzwischen kümmerte es sie kaum noch, wo sie war, alles bedrückte sie. Tag für Tag schleppte sie sich weiter, ohne zu wissen, wohin. In Mishas einsamer Kammer fühlte sie ein wenig Geborgenheit; soweit sie überhaupt noch wusste, was das Wort bedeutete.

Der Blockwart und sein Helfer standen vor der Tür. Henk musste sie einlassen. Jet konnte nicht anders, als durch den Türspalt zu spähen. Freundlich, aber bestimmt fragten die Männer, ob sie sich kurz umsehen dürften. Jet sah Uniformen. Noch bevor Henk antworten konnte, standen sie schon im Wohnzimmer, wo Tini sofort ihre Aufmerksamkeit auf sich zog. »Was für ein Prachtstück«, sagte einer der beiden. Wie Henk zu dem Bild gekommen sei, wollten sie wissen. Die Antwort ließ etwas zu lange auf sich warten. Henk begann, eine wirre Geschichte über ein Geschenk zu erzählen. Sie würden noch einmal darauf zurückkommen, sagte einer der beiden, während der andere eine Runde durchs Haus machte. Henk erwähnte seinen Nachbarn, der sei ein ranghoher Parteigenosse, in der Hoffnung, dass die beiden das Interesse an ihm verlören. Das war nichts Neues für sie. Einer von ihnen fand die Dienstbotenkammer und klopfte an. Jet saß mit ihrem Buch in der Hand auf dem Bett. »Guten Abend«, grüßte sie. Der große, bullige Parteigenosse fragte nach ihren Papieren. Mit zugeschnürter Kehle sagte sie, »aber sicher«, und zog die Schublade ihres Nachtschränkchens auf. Eine sehr gute Fälschung. Henk hatte auch für Misha Ausweispapiere beschafft, aber sein Akzent würde ihn sofort verraten. Der Blockwart sah auf das Foto und dann wieder zu Jet. Er nickte. »Auf Wiedersehen, Jet.«

»Auf Wiedersehen«, stammelte sie und griff mit hämmerndem Herzen nach ihrem Buch. Sollte das der schlimmste Tag ihres Lebens werden? Ob sie in den Keller gingen? Unwillkürlich begann sie wortlos zu beten, wiederholte alle Stoßgebete, die sie als Kind gelernt hatte. Sie fühlte den Schweiß zwischen ihren Brüsten herabrinnen.

Die beiden Männer waren zurück im Wohnzimmer. Wieder kamen sie auf das Gemälde zu sprechen. »Aber das Dienstmädchen kann sich auch sehen lassen«, sagte der Hilfspolizist zu seinem Begleiter. Der meinte, das sei doch eine merkwürdige Geschichte mit dem Bild. Ein Geschenk, wiederholte Henk, für seine gute Arbeit, und, schob er hilflos nach, von einem inzwischen verstorbenen Kunden. Der Hilfspolizist sagte, so richtig überzeugend sei das ja nicht.

Wieder Schritte, dann ein kurzer Abschiedsgruß und eine zufallende Tür. Mit zitternden Knien kam Henk kurz darauf in ihre Kammer. Jet warf ihm einen fragenden Blick zu.

»Sie haben den Keller vergessen.«

Jet sprang vom Bett auf, rief »Gott sei Dank!« und fiel ihm erleichtert um den Hals. Henk blieb stocksteif stehen und sah ihr unverwandt in die Augen. »Tini muss umziehen.«

Die beiden würden wiederkommen, wegen Tini. Die Leinwand herauszuschneiden und aufzurollen, hielt Henk für keine gute Idee: Wenn sie das Bild bei einer Hausdurchsuchung fänden, würden sie ihn auf der Stelle festnehmen. Er überlegte laut, was am besten zu tun wäre. Im Keller würde das Bild garantiert Schaden nehmen. Es musste aus dem Haus, auch wenn die Chance, es später zurückzubekommen, nur gering war.

Nie hätte Jet gedacht, dass das Bild zum Problem werden könnte.

»Das ist es doch gar nicht«, sagte Henk, »ganz im Gegenteil, es hat uns gerettet.«

Jet nickte. Tini war tatsächlich ein guter Blitzableiter gewesen. Sie lächelte. Tini würde sie beschützen. Ihre Mutter hatte recht behalten.

»Geben wir es van Keulen«, schlug Jet vor.

»Van Keulen?«

Jet zuckte mit den Schultern. »Wenn ich ihm schon mein Kind anvertraue«, seufzte sie. »Und bei ihm fällt es nicht weiter auf, alles hängt dort voller Bilder. Er ist ein echter Kunstliebhaber und macht sogar irgendwas mit Kunst für die Partei.« Dass er ihre Brüste mit denen eines liegenden Frauenakts verglichen hatte, behielt sie für sich.

Sie hatte Vertrauen zu der Nachbarin, und, so verrückt das klang, auch zu van Keulen. Wenn er sie im Arm hielt, ihr unter die Bluse griff, konnte sie nach ihrem Kind fragen, dem Kind, das am besten nie erfuhr, dass Frau van Keulen nicht seine Mutter war. Van Keulen antwortete immer ausführlich. Seit Ottos Geburt hatte sie das Gefühl, dass sie sich auf ihn verlassen konnte.

Ihn konnte sie fragen, bei ihm wäre der kostbarste Schatz ihrer Mutter in Sicherheit. Ob sie Tini jemals wiederbekäme, war völlig unklar, aber so blieb sie zumindest noch eine Weile in ihrer Nähe.

»Wie bist du eigentlich zu dem Bild gekommen?«, fragte Henk.

Ihr Vater, erklärte sie, hatte es einmal bekommen, so war das früher bei ihnen zu Hause gewesen. Wenn die Leute ihre Miete nicht zahlen konnten, suchten sie nach anderen Möglichkeiten. Sie sah ihren Vater wieder mit dem Bild nach Hause kommen und ihre Mutter strahlen, als sie die Tänzerin sah. Jet versprach, das Bild bald verschwinden zu lassen. Henks Schuhe standen im Gang, und Jet schlug vor, sie noch kurz zu putzen. Er meinte, damit habe es keine Eile, das sei jetzt doch nicht wichtig, aber sie brauchte eine Ablenkung. Jet nahm seine schwarzen Schuhe mit in die Küche. Sparsam, mit einer winzigen Menge Schuhcreme, rieb sie immer wieder über die Schuhspitzen, immer wieder dieselbe Bewegung aus dem Handgelenk.

Wer hatte ihrem Vater die Tänzerin gegeben? Vermutlich der Mieter des Zigarrenladens in der Gasse, dachte Jet, der hatte am meisten mit Kunst zu tun. Jet erinnerte sich, dass ihr Vater sagte, das tanzende Mädchen habe drei Monate Mietschulden gedeckt.

Ihr Vater setzte seine Mieter nicht auf die Straße, wenn sie nicht zahlen konnten, geschweige denn, dass er seine Geschäfte leer stehen sehen wollte. Dann nahm er lieber schöne Gegenstände; so war er vor langer Zeit auch an ein Dreirädchen gekommen. Mit dem Rad unter dem Arm hatte er das Schuhgeschäft verlassen und es, ohne eine Miene zu verziehen, den ganzen Nieuwendijk entlang getragen. »Für mein kleines Wunder«, sagte er, als er zu Hause ankam.

Erst später begriff Jet, warum er sie ein Wunder genannt hatte. Sie war kurz nach dem Krieg in einer hoffnungslosen Zeit geboren. Solange es irgend ging, trug ihr Vater sie auf Händen. Auf diesem Dreirädchen war Jet tagein, tagaus gefahren. Gegenüber ihrer Wohnung im ersten Stock am Nieuwendijk ging es in die Gravenstraat, eine schmale, abschüssige Gasse. Weil ihre Mutter durchs Fenster sehen konnte, was draußen vor sich ging, durfte die kleine Jet dort unbeaufsichtigt spielen. Mühelos sauste sie hinunter und strampelte wieder nach oben. In derselben Gasse lernte sie später richtig Rad fahren. Schau nach vorn, rief die Mutter ihr zu. Halt den Lenker gerade. Immer weiter treten. Nicht umdrehen. »Weiter, weiter, weiter«, sprach die Mutter ihr Mut zu. Das kleine Gefälle in der Mitte der Strecke war unheimlich – was, wenn sie vom Rad fiele? »Dann stehst du wieder auf, mein Schatz«, antwortete ihre Mutter ruhig. »Was auch geschieht, du stehst immer wieder auf.«

Das Leben auf Bildern und in Büchern, sagte ihr Vater immer, sei schöner als die Wirklichkeit. »Zumal in diesen Zeiten«, brummelte er manchmal ihrer Mutter zu, die kaum zu begreifen schien, dass die Weltwirtschaft kurz vor dem Zusammenbruch stand.

Jet und ihre Mutter trugen oft schöne Biberpelze

um den Hals. Auch sie stammten wohl von einem Mieter. Ihr Vater fand es zwar albern, dass sie als kleines Kind schon eine Pelzstola trug, aber dieser Kragen war eben wärmer als die Stoffe, die er sonst auftreiben konnte. Die Mutter trug ihren Pelz auch im Haus und zwirbelte die Härchen, als ob er noch ein Tier wäre, das man streicheln müsse. Zum Ärger des Vaters, denn so gingen der Stola bestimmt bald die Haare aus, hatte Jet diese Angewohnheit übernommen. Als Jet ihren Vater einmal gefragt hatte, wie denn diese kleinen Tiere aussehen, hatte er ihr erzählt, dass Biber die größten Nagetiere der Welt sind. Damals wusste sie noch nicht, was ein Nagetier ist.

Alles, was ihm der Kürschner mitgab, fand die Zustimmung ihrer Mutter. Aber als er mit dem tanzenden Mädchen hereinspaziert kam, war sie am allerglücklichsten.

»Was ist denn jetzt wieder?«, fragte sie überrascht und warf einen Blick auf das in Zeitungspapier gewickelte Paket unter seinem Arm. »Wir müssen doch etwas zu beißen haben.«

Aber ihr Vater strahlte wie ein kleiner Junge, stellte das Paket auf dem Nussbaumbüfett ab und packte es behutsam aus. Beim Anblick des Gemäldes schlug die Mutter eine Hand vor den Mund. »Ist die aber schön, dieses Kleid, und die Augen … Sieh mal, wie sie tanzt, als ob sie gar nicht merkt, dass man sie ansieht. Und diese Musiker um sie herum!«

»Ich wusste es!«, rief der Vater aus. Sie fielen sich um den Hals und gaben der Tänzerin den schönsten Platz in der Wohnung. Vom Büfett aus beobachtete sie von nun an alles mit ihren dunklen Augen.

Jet erinnerte sich, dass sie vor allem erschrocken war vor dem großen Gemälde, vor dem eindringlichen Blick. Ob sie sich wohl trauen würde, nachts daran vorbeizulaufen?

Tini hatte Misha gesehen, damals, bei seinem heimlichen Besuch. Jet polierte weiter, ihr Handgelenk begann zu schmerzen. Jet war erst sechzehn, vielleicht siebzehn gewesen, als sie zum ersten Mal wirklich allein ausgehen durfte. Erst beim letzten Sonnenstrahl kam sie zurück. Bei Jet zu Hause war Misha nicht willkommen. Regelmäßig hatte sie ihren Vater über diese Ausländer reden hören, über geflohene deutsche und polnische Juden, die kein Niederländisch sprachen. Sogar auf dem Nieuwendijk hatte er schon welche gesehen und Jet vor ihnen gewarnt: Mit denen sollte man sich nicht einlassen. Sie waren schließlich Groninger, echte Niederländer.

Aber Misha hatte so schöne Augen, er war so stark und wartete treu auf sie, tagein, tagaus. Immer stand er auf der anderen Straßenseite, damit er gleich loslaufen konnte, sobald er sie aus dem Haus schleichen sah. Zusammen schlenderten sie zum Dam, wo sie in der Menschenmenge untertauchen konnten. Er sprach kaum Niederländisch, aber sie liebte den Klang seiner Stimme. Zuerst dachte sie, sie habe ihn nicht richtig verstanden, als er erzählte, dass er jeden Abend Suppe esse, die nach Seife schmecke, aber schon bald begriff sie, dass das nicht an der Sprache lag. Mit seiner kleinen Arbeit als Kofferträger am Hauptbahnhof verdiente er sich ein paar Münzen und lernte ein bisschen Niederländisch. Sie wagte nicht, ihn zum Essen nach Hause einzuladen, aber Misha klagte nicht, niemals. Es sei ja nur vorübergehend, bald werde er nach Deutschland zurückgehen, um dort zu studieren. Und dann werde seine Mutter ihm etwas Ordentliches zu essen machen. Seine Eltern hatten ihn als einziges von fünf Kindern aus dem Land geschickt. Er sollte eine sichere Zukunft haben, etwa Geld verdienen. Misha fragte sich, ob er vielleicht in die falsche Richtung geflohen war.

Den Eltern erzählte Jet, sie wolle mit ihrem Cousin bummeln gehen. Otto konnte sie vertrauen, er würde Misha auf keinen Fall verraten. Jet hatte die beiden miteinander bekannt gemacht, als sie mit Misha auf dem Weg zum Eissalon an der Ecke zum Dam war. Misha hatte Jet eingeladen. Sie erinnerte sich noch sehr gut daran, wie er sagte, er selbst habe keine Lust auf Eis. Er hatte kein Geld für zwei Portionen.

Als sie sich schon mehrere Wochen regelmäßig trafen, fragte Misha, ob er einmal zu ihr nach Hause kommen dürfe – er genierte sich für sein

Mietzimmer. Manchmal, auf dem Dam, schob er behutsam ihre Locken zur Seite, um ihr Gesicht zu berühren. Sie wollten so gern weg von all den vielen Leuten, wirklich zusammen sein, nur sie beide. Jet schämte sich für die Wahrheit, dass ihr Vater nämlich keine Flüchtlinge mochte, und für ihre Feigheit, dass sie zu Hause nichts von ihren Gefühlen für Misha erzählt hatte. Also lächelte sie verlegen.

Es war ja sinnlos, eine Frage zu stellen, deren Antwort sie schon kannte, und die Gespräche beim Abendessen zu Hause waren eindeutig genug. Ihr Vater schimpfte über die vielen Fremden, kein Wunder, dass die Stadt so verlottert war. Ausgerechnet jetzt, nach der Krise, wo wir versuchen, uns wieder zu berappeln, sagte er fast jeden Abend.

Jet wartete ungeduldig darauf, dass ihre Mutter wieder einmal zu ihren Eltern nach Groningen fuhr. Das tat sie selten, und meist wollte sie dann, dass Jet mitkam; aber Jet würde schon eine Ausrede einfallen. Ihr Vater war viel unterwegs, um die Mieten zu kassieren, oder er saß in einem Lokal am Rembrandtplein.

Drei lange Wochen später war es so weit. Ihre Mutter hatte Jet schon vor Tagen über die Abfahrtzeit informiert, damit sie auch rechtzeitig fertig wäre. In Reisekleidung, hatte sie betont, darüber wünsche sie keine Diskussion.

Am Morgen hatte Jet Magenschmerzen. Die Mutter war erstaunt, ihre Tage hatte sie ja nicht in dieser Woche. Ob sie denn allein zu Hause bleiben könne? Jets Vater war bereits aus dem Haus. Jet beruhigte ihre Mutter, sie sei schließlich kein Kind mehr. Der Morgen verlief genauso, wie Jet es sich vorgestellt hatte. Ihre Mutter ging mit einem kleinen Koffer los. Sie trug ihren langen schwarzen Mantel, graue Handschuhe und den großen dunkelgrauen Hut. Über den Nieuwendijk ging sie zum Hauptbahnhof. Misha wollte versuchen, um die Mittagszeit vorbeizukommen. Später gehe nicht – dann sei ihr Vater womöglich schon zurück.

Um elf Uhr stand Jet in ihrem schönsten Rock im Wohnzimmer und sah aus dem Fenster. Sie fühlte die Augen der Tänzerin auf sich. Würde Misha sie küssen, sie ausziehen? Sie berühren? Immer wieder lief sie in die Diele, um sich im Spiegel zu betrachten. Sie fuhr sich mit der Bürste mit dem Silbergriff noch einmal durch die langen blonden Locken. Groninger Haare, sagte ihre Mutter immer. Misha hatte einmal bemerkt, sie sehe gar nicht jüdisch aus, und Jet hatte gelächelt, das verdanke sie ihren Vorfahren, die seit Jahrhunderten in den Niederlanden lebten. Wir sind mehr Groninger als Juden, sagte ihr Vater immer, und nur wegen der Mietobjekte in die Großstadt gezogen. Als Vermieter musste man hier sein, in der Großstadt gab es selten Leerstand, und man konnte schnell seinen Bestand erweitern. Nur die letzten Jahre waren enttäuschend gewesen.

Die Wanduhr schlug die volle Stunde, es war Mittag und Misha immer noch nicht da. Ob er es sich anders überlegt hatte? Ob ihm etwas zugestoßen war? Es fiel ihr schwer, nicht nach draußen zu gehen, um nach ihm zu schauen. Sie sah auf die Tänzerin, die sie vor dem, was kommen würde, zu warnen schien, und träumte davon, wie es wäre, wenn Misha und sie zum ersten Mal wirklich Zeit füreinander hätten. Davon, wie sie sich in seine Arme schmiegen, den Kopf auf seine Schulter legen würde, ohne daran denken zu müssen, warum er in die Niederlande gekommen war. Jet dachte lieber an das, wonach sie sich sehnte: An seine Hände auf ihrem Körper. Gleichzeitig hörte sie ihre Mutter sagen, dass sich eine Dame nicht von einem Mann berühren ließ, mit dem sie nicht verheiratet war. Gerade als sie die Gardine wieder beiseiteschieben wollte, klingelte es. Sie ging in die Diele, warf einen letzten, flüchtigen Blick in den Spiegel und lief durchs Treppenhaus zur Haustür. Misha wartete auf der mittleren Stufe.

Bevor sie ins Haus traten, fragte Misha, ob er ihren Vater kennenlernen würde. Sie schüttelte den Kopf. Er sei noch bei der Arbeit. Worauf Mishas blaue Augen aufleuchteten. Sie bat ihn, voranzugehen, und dachte dabei, dass ihre Mutter mit ihr zufrieden sein konnte. Geh niemals vor einem Mann die Treppe hinauf, hörte Jet sie sagen.

Misha wollte sich die Hände waschen, und Jet zeigte ihm das kleine Waschbecken neben der

Toilette. Danach nahm er die Mütze ab, schüttelte seine Haare zurecht und betrat das Wohnzimmer. Sie spürte seinen Körper ganz nah, wagte aber nicht, ihn zu berühren. Er streichelte ihr blondes Haar, fuhr dann mit den Fingerspitzen über ihre Wange; ihr lief ein Schauder über den Rücken. Verlegen bot sie ihm etwas zu trinken an. Er wollte nichts. Ob sie allein im Hause seien, fragte er vorsichtig. Jet warf einen Blick auf die Tänzerin und nickte. Misha fragte nach ihrem Zimmer. Sie ging ihm im Treppenhaus dann doch zum obersten Stockwerk voran. Zwischen dem Gebälk unter dem Dachfirst erstreckte sich ihr Zimmer über die gesamte Länge des Hauses, eigentlich hatte sie das ganze Stockwerk für sich allein. Misha blieb stehen und stieß einen verblüfften Pfiff aus.

Sie deutete auf die kleine Luke oben an der Vorderfront und erzählte, dass es dort nie Fenster gegeben habe, weshalb es hier dunkler sei als unten. Aus seinem fragenden Blick schloss sie, dass er nicht alles verstanden hatte. Sie lächelte und verstummte. Misha trat näher, legte seine Hände sanft auf ihren Hinterkopf und küsste vorsichtig ihre Lippen. Sie fühlte es tief in ihrem Bauch, ihr ganzer Körper reagierte. Sie wollte sich ihm hingeben.

Mit einem Mal begann ihr rechtes Handgelenk zu schmerzen, wie lange war sie mit dem Putztuch zugange gewesen? Verflixt, dachte Jet, sie hätte längst wieder in ihrer Kammer sein müssen.

Mit den Augen suchte Jet den Garten ab. Auch im Nachsommer spielten die Kinder noch regelmäßig im Freien. Die großen Schwestern nahmen Otto mit in den Obstgarten. Erwartungsvoll kauerte Jet auf dem Boden; sie hatte ihn noch nicht laufen sehen. Er zeigte auf die Äpfel weit oben. Sie sah, wie van Keulen zu den Kindern eilte, ihn hochhob, eine Hand unter Ottos Hintern, die andere um seine Taille. Er hielt ihn gut fest. Gemeinsam pflückten sie einen Apfel, Otto strampelte aufgeregt mit den Beinchen.

Wieder unten hob er den Apfel an sein Mündchen. Aber nicht, um hineinzubeißen, er gab dem Apfel einen Kuss.

Als Jet sich noch weiter vorbeugte, verlor sie das Gleichgewicht. In dem einen Händchen hielt Otto den Apfel, das andere lag in der Hand seines Vaters. Von hier oben konnte sie ihn gut beobachten. Otto neben den Stiefeln seines Vaters.

Der Besuch der Männer in Uniform hatte Henk beunruhigt.

»Schieb es nicht noch länger auf, bitte.«

Henk hörte genug Geschichten, was alles in Europa vor sich ging, von seinen Kollegen in der Druckerei. Sie sprachen manchmal von Arbeitslagern hier im Land. Es gab Gerüchte, sogar Frauen und Kinder würden hingeschickt, aber was dort geschah, das wusste man nicht. Arbeitende Männer konnte man sich vorstellen, aber diese anderen Gerüchte waren doch sehr seltsam. Ob sich denn jemand freiwillig melde, wollte Jet wissen. Darüber wusste Henk nichts, er würde auch nicht darüber sprechen, man könne niemandem mehr trauen. Sie sah an seinem Blick, dass er seine schlimmen Ahnungen nicht mit ihr teilen wollte. Sie dürften kein unnötiges Risiko eingehen, sagte er entschieden. Er tat ihr leid. Inzwischen lebten Misha und sie schon mehr als zwei Jahre unter seinem Dach. Hätte er sie wohl auch aufgenommen, wenn ihm klar gewesen wäre, dass es so lange dauern würde? Davor hatte er ein normales, ruhiges Leben gehabt.

»Misha ist in Gefahr«, sagte er. »Das Bild muss dringend aus dem Haus.«

Sie wartete darauf, dass van Keulen bei ihr vorbeikam. Henk wurde zunehmend ungeduldig, es waren schon wieder mehrere Tage vergangen. Täglich fragte er nach, warum das Bild noch immer da sei.

Beim ersten Klopfen eilte sie vom Wohnzimmer in die Küche, öffnete die Hintertür und fragte, ob sie etwas mit ihm besprechen könne. Van Keulen lehnte am Türpfosten, mit verschränkten Armen. Was auch immer er im Sinn haben mochte, heute wollte sie etwas von ihm, also legte sie los. Er lachte herzlich, als sie von der Razzia erzählte. Dann küsste er sie plötzlich. »Du bist unheimlich schön«, sagte er. Mit einem kleinen Lächeln versuchte sie ihm zu signalisieren, dass sie noch etwas zu sagen hatte. Er sah sie an und hörte zu. Sie musste nicht ins Detail gehen, van Keulen nickte, er verstand. Dann wollte er die Tänzerin sehen. Jet nahm ihn mit ins Wohnzimmer, nur für einen Moment, sie wusste, dass sie ihn eigentlich nicht ins Haus lassen sollte. Schweigend betrachtete er die Tänzerin. »Ein typischer Degas. Sie ist wundervoll, dieses Kleid und die Musiker … phänomenal!«

Jet sah ihn an, aber er hatte jetzt keine Augen für sie. Es schien ihm vernünftig, das Bild gleich mitzunehmen, um Fragen seiner Frau vorzubauen. »Ich sage ihr einfach, dass ich ein Bild behalten durfte.« Er würde es zunächst eine Weile in sein Arbeitszimmer stellen und später im Wohnzimmer aufhängen. Jet wollte noch so vieles sagen, doch dafür war keine Zeit. Van Keulen ergriff ihre Hände und küsste sie auf den Mund. Sie widersetzte sich nicht.

Vorsichtig nahmen sie das Bild von der Wand. Sie musste ihn jetzt so schnell wie möglich loswerden. Allein die Vorstellung, dass Misha husten könnte.

»Wundervoll«, sagte er. »Für sie gilt dasselbe wie für dich«, sagte van Keulen. »Bei mir ist sie sicher.«

In aller Ruhe ging er durch die Hintertür in den Garten. Er blickte nicht mehr zurück. Jet sah ihm nach, und ihr wurde beklommen ums Herz. Was war sicher? Zum ersten Mal hatte sie das Gefühl, dass van Keulen nicht nach ihr verlangte. Während sie ihm nachsah, dachte sie an ihre Mutter und ob sie mit Tinis Umzug wohl einverstanden wäre.

Am Ende ihres Arbeitstags hastete Jet die kleine Treppe hinunter. Bei Misha brannte kein Licht, er war eingeschlafen. Ihre Augen mussten sich zuerst an das Dunkel gewöhnen. Sie suchte Halt an der kahlen Wand der Kammer und war verwirrt: Ihr Kind lebte bei dem Mann, der sie missbraucht hatte, mit dem sie aber inzwischen eine unbegreifliche, sogar vertraute Beziehung aufgebaut hatte, und jetzt hatte sie ihm auch noch den allerliebsten Schatz ihrer Mutter anvertraut. Es war absurd. Hatte ihr das Leben im Untergrund den Verstand geraubt? Misha wachte auf und schaltete seine Leselampe an. Sie erzählte ihm, dass Tini abgeholt worden war, dass sie bei van Keulen in Sicherheit sei. Mit einem Mal entstand eine unbehagliche Stille zwischen ihnen. Misha suchte nach Worten. Dass er es verstehen könne, sagte er. Misha bemühte sich immer, alles wieder ins Lot zu bringen, das Unerträgliche erträglich zu machen.

»Du sagst doch immer, dass er gut für Otto sorgt«, sagte er, »dass er sogar beim Bauern Milch und Eier für ihn holt.«

Jet nickte.

»Dann wird das mit der Tänzerin auch gut gehen.«

Sie nickte noch einmal und stellte sich plötzlich vor, wie van Keulen die Bäuerin jede Woche zwang, ihm Milch und Eier zu geben. Ob er sie auch liebkoste und streichelte?

Misha fragte, woran sie denke.

»An Otto«, antwortete sie.

Sie legte sich zu ihm auf die Matratze und schmiegte sich an ihn. Ihr war kalt. Die Nächte hier unten waren furchtbar. Henk hatte ihr schon bald zusätzliche Decken für Misha gegeben, aber es reichte noch immer nicht.

Während Misha sie in die Arme nahm und sanft ihren Rücken streichelte, schossen ihr zahllose Bilder durch den Kopf. Er hatte sie schon oft gefragt, ob sie denn auch genug esse. Sie gab keine richtige Antwort darauf. Es herrschte nun mal Lebensmittelknappheit, und sie konnte die täglichen Linsen nicht mehr sehen. Gemüse wurde immer teurer, deshalb kam Henk oft mit halbleeren Taschen nach Hause. Selbst auf dem Schwarzmarkt gab es kaum noch etwas. Misha durfte nicht wissen, dass sie ihre Portion am Abend meist ihm überließ. Es sei denn, es gab ausnahmsweise Eier, die aß sie gern, aber in letzter Zeit mussten sie sich meist mit Eipulver begnügen. Misha streichelte weiter ihren Rücken, und sie fühlte, wie sich ihr Atem beruhigte.

»Er kann schon laufen«, sagte sie nach einer Weile. Misha schwieg. Sie habe es zufällig gesehen, setzte sie hinzu. Sie wollte nicht, dass Misha merkte, wie sehr sie das Kind inzwischen liebte. Als ob ihre Lage nicht schon schwer genug war. Misha schwieg beharrlich. Ihre Brust bebte unter seinen Händen.

Sie richtete sich ein wenig auf und sah ihm in die Augen. Mit den Fingern trocknete er ihre Tränen.

»Es ist gut so«, flüsterte er.

Sie wandte den Blick ab und drehte sich auf die Seite. Nur ihre Beine berührten sich noch.

Sie könne gern noch ein wenig liegen bleiben, schlug Misha vor. Sie liebte es, gestreichelt zu werden, und spürte seine Finger über ihren Hals wandern, über ihren Rücken hinab bis zu ihrer Taille.

Er sagte, er sei in seinem ganzen Leben noch nie so verrückt nach einem Mädchen gewesen.

Jet lächelte mit geschlossenen Augen.

»So ist es nun mal«, flüsterte er. »Das ist eins von den wenigen Dingen, die ich noch ganz genau weiß.« Er erzählte ihr, dass viele seiner Erinnerungen inzwischen vage geworden seien, alles habe allmählich dieselbe Farbe angenommen, alle Stimmen würden gleich klingen, er könne nicht einmal mehr die Stimmen seiner Schwestern auseinanderhalten.

»Weißt du noch, wie deine erste Freundin aussah?«, fragte Jet.

Misha lachte, er hatte ihr schon einmal davon erzählt. Damals hatte sie ihn nach seinem ersten Kuss gefragt. Er hatte ein Buch aufgeschlagen, anscheinend wollte er nicht über dieses Mädchen aus Duisburg sprechen. Jet erinnerte sich daran, wie Mishas Vater auf diese Geschichte reagiert hatte. Die Deutschen würden uns am liebsten umbringen, hatte er ausgerufen. Daraufhin hatte sich ihr Verhältnis ganz von selbst erledigt. Von selbst – gehen solche Dinge von selbst vorbei, wie sie von selbst anfangen? Es gab doch immer einen Grund oder einen Anlass? Sie sah Misha lesen, immer wieder griff er nach einem Buch. Diesem gewaltigen Stapel Russen, den Henk ihm besorgt hatte, verdankte es Misha, dass er jeden Tag aus seinem Keller hinaufsteigen konnte in die weite Welt der Petersburger Literatur.

Sie sagte, sie habe Angst, einzuschlafen, sie müsse wieder nach oben.

Er stimmte ihr zu, obwohl er sie am liebsten bei sich behalten hätte. Sie richtete sich auf und küsste ihn.

Mit einer gewissen Erleichterung betrat Henk sein Wohnzimmer. Ein Risiko war aus dem Weg geräumt, jetzt musste man hoffen, dass die Uniformierten nicht wiederkämen und sich nach der Tänzerin erkundigten. Er hatte sie verkauft, das war sein gutes Recht, er hatte das Geld gebraucht. Nicht, dass man mit Geld mehr Lebensmittel kaufen konnte, aber mit ein bisschen Bargeld fühlte man sich doch gleich wohler. Ja, das würde er sagen. Wenigstens war das eine bessere Geschichte als die letzte, dachte er. Schließlich war Krieg, und alle hatten es schwer.

Zu seiner großen Freude hatte er einen Spitzkohl aufgetrieben. Ob Jet ihn in schmale Streifen schneiden könne, fragte er stolz.

Es war Jet völlig egal, was er heute zum Abendessen mitbrachte. Sie war vor allem erleichtert, dass er spät nach Hause gekommen war und nicht bemerkt hatte, dass sie nach der Arbeit zwei Stunden im Keller geblieben war. Sofort machte sie sich an die Arbeit. Sie sah ihre Mutter die Spitzkohlblätter um das Hackfleisch wickeln, ihre Haare in einem hohen Knoten, die karierte Schürze um die Taille gebunden. Wie lange war das her. Sie wusste nicht einmal, wo ihre Mutter jetzt war. Henk hatte seinen Bruder schon oft nach ihren Eltern gefragt. Aber auch er wusste nur, dass sie zuerst in ein Hotel im Viertel gezogen waren und dann die Stadt verlassen hatten. Die Mieten wurden schon lange nicht mehr kassiert. Trotzdem legte Henks Bruder seinen Mietzins auf die Seite, hatte er Henk erzählt, damit er genug Geld hätte, wenn es wieder so weit war.

Beim Nachhausekommen hatte einer der Nachbarn Henk aufgehalten.

Jet legte das Messer hin. »Wissen sie etwas?«

Er schüttelte den Kopf. »Keine Bange, für sie bist du bloß mein Groninger Dienstmädchen.«

Sie hatten über die Hausdurchsuchungen gesprochen, die Männer waren auch bei den Nachbarn gewesen. Aber ich habe schließlich nichts zu verbergen, hatte der Nachbar gesagt. Wenn man nichts zu verbergen hat, können sie ja ruhig vorbeischauen, hatte Henk mit fester Stimme erwidert. Jet schlug das Herz bis zum Hals. Sie hasste solche Vorfälle, jedes Mal spielte dann ihre Blase völlig verrückt, aber zuerst wollte sie sicher sein, dass es keine weiteren Verdächtigungen gab.

Henk zuckte mit den Schultern. »Ich glaube nicht, und wenn ich mich doch täusche, merken wir es noch früh genug.«

Jet ertrug solche Antworten nicht. Sie fühlte, wie ihr der Angstschweiß ausbrach. »Sind sie uns auf die Schliche gekommen?«

Henk schlug die Augen nieder, dann warf er ihr einen beruhigenden Blick zu, der sie aber nicht überzeugte. »Wir sind vorsichtig, Jet, mehr können wir nicht tun.«

Sie schnitt den Spitzkohl klein, in ganz schmale Streifen.

Er lief nicht nur, er rannte. Wie die meisten Kinder war er versessen darauf, im Freien zu spielen. Es beruhigte sie, dass er so gut laufen konnte, sie hatte immer Angst gehabt, sein Fuß könnte ihm Schwierigkeiten machen.

Jet sah den Kleinen jetzt jeden Tag, ohne dass er etwas davon mitbekam. Niemand bekam etwas mit, und niemand hatte darunter zu leiden. Ihre Arbeit erledigte sie sorgfältig, es gab also keinen Anlass für Beschwerden. Mitunter sprach sie noch mit Misha über »Wenn alles vorbei ist«, aber eigentlich konnte sie sich schon lange kein Bild mehr davon machen. Die Zeit war zähflüssig geworden. Ihr Leben hatte eine Wendung genommen, mit der sie sich abgefunden hatte, selbst die Erinnerungen an früher hatte sie verdrängt. Sie lebte hier, sie wohnte hier, und sie sah ihr Kind aufwachsen, das nicht wusste, wer sie war.

Van Keulen brachte die nötige Abwechslung in ihr todlangweiliges Leben des ständigen im Haus Herumsitzens. Er erzählte ihr von seiner Arbeit, den Kunstwerken. Einmal hatte er sie sogar aufgefordert, mit ihm zu kommen, weil er ihr etwas zeigen wollte. Im Wohnzimmer schlug er ein dünnes Tuch zurück und nahm ein Blatt aus einer Mappe.

»Eine einzigartige Skizze«, sagte er. »Ich hatte noch nie einen Schiele in der Hand, morgen bringe ich ihn wieder ins Depot zurück. Ich sehe dort die schönsten Dinge, das kannst du dir gar nicht vorstellen.« Er hatte Jet nicht berührt, doch auch wenn er sie nicht berührte, spürte sie seine Aufmerksamkeit.

Gelegentlich gab er ihr die Möglichkeit, das Kind aus der Nähe zu sehen und Tini, die sie nun von der Kaminkonsole eines NSB-Manns aus beschützte. Tini war von Anfang an in ihrer Nähe gewesen und hatte Jet im Auge behalten, und Jet war bisher nicht verraten worden. Der Gedanke, dass es ihren Eltern womöglich anders ergangen war, machte ihr Angst. Wenn sie in einem dieser Arbeitslager gelandet waren, durften sie bestimmt nicht telefonieren. Wenn sie könnten, würden sie nach ihr suchen. Jet musste Geduld haben. Nach vorn schauen und in die Pedale treten. Weiter, weiter, immer weiter.

Zum letzten Mal hatte sie mit ihnen gesprochen, bevor van Keulen sie geschwängert hatte.

Verrückt, dachte Jet, dass ich ihn noch immer van Keulen nenne.

Manchmal war sein Verhalten rätselhaft. Seit Tagen war er ständig mit einem Fotoapparat beschäftigt. Er hatte ihn Jet gezeigt und gesagt, er habe ihn aus Deutschland bekommen. Er platzte fast vor Stolz. Ob sie einmal auf den Knopf drücken könne, fragte er sie fröhlich, als er eines Nachmittags mit Otto an der Hand vor ihrer Haustür stand. »Bei dem Sonnenschein, das muss ein schönes Foto werden.« Otto schien nicht zu begreifen, was vor sich ging, und ließ die Hand seines Vaters nicht los, während sich van Keulen mit einem unnatürlichen Lächeln vor Jet aufbaute.

»Der Knopf?«, fragte sie.

Er nickte und machte mit dem Zeigefinger die Bewegung vor. Nachdem sie ein Geräusch gehört hatten, von dem van Keulen sagte, dass es so sein müsse, fragte er sie, ob sie vielleicht noch ein Foto machen würde. Jetzt hob er Otto hoch. Das gefiel dem Kleinen besser, er lächelte. Jet genoss den Augenblick, hatte aber auch ein mulmiges Gefühl. Wo war Frau van Keulen? Konnte sie jemand sehen? Durfte sie überhaupt so lange draußen sein? Als sie den Apparat vorsichtig zurückgab, stellte van Keulen Otto neben sich auf den Boden und drehte selbst an der Kamera.

»Darf ich vielleicht auch ein Mal … mit ihm?«, fragte sie zaghaft.

Van Keulen sah sie skeptisch an. »Aber schnell, setz dich kurz auf die Treppe hier.«

Sie legte ihre Arme um Ottos Bauch.

Sie erzählte Misha nicht, wie gern sie nach nebenan ging. Natürlich lag das nicht an van Keulen, redete sich Jet ein, sondern an Otto, und an Tini. Und an den Eiern, die van Keulen manchmal dahatte, während Henk schon lange keine mehr auftreiben konnte. Wenn sie danach fragte, gab ihr van Keulen ein paar mit, die sie dann kochte und mit ein bisschen Salz aß.

Sie erzählte Misha auch nicht, dass sie täglich Ausschau nach dem Kleinen hielt, um zu sehen, wie er wuchs. Misha sollte nicht denken, dass sie sich zugehörig fühlte, schließlich hatten sie ja eine klare Vereinbarung getroffen, als sie das Kind noch in ihrem Bauch trug. Ihrem Bauch, der schon bald wieder flach war und sich irgendwie ausgehöhlt anfühlte. Manchmal fuhr sie mit der rechten Hand darüber, unvorstellbar, dass sie je so dick gewesen war. Immer wieder träumte sie bei der Hausarbeit vor sich hin und fragte sich, ob sie wohl je wieder ein Kind unter ihrem Herzen tragen würde, und wenn ja, ob sie dabei Liebe empfinden würde. Sie konnte es sich nicht vorstellen, und ebenso wenig konnte sie sich vorstellen, dass das hier jemals vorbei wäre. Und wenn doch, würde sie dann nach

Amsterdam zurückgehen? Und ihr Kind niemals wiedersehen?

Otto kannte sie kaum. Er würde nicht wissen, dass er sie suchen musste. Ja, sie konnte später nach Haarlem zurückkommen, sobald Juden wieder frei reisen, wieder leben durften. Dann würde sie bei ihm klingeln und ihm, dem großen Jungen, erzählen, wer sie war. Würde sie das tun? Das war gegen die Vereinbarung. Es würde sein Leben zerstören. Sie erzählte Misha auch nicht, was sie im Garten gesehen hatte: dass Otto von den großen Mädchen geschubst wurde und seine weiße Hose von dem schlammigen Gras schmutzig geworden war. Van Keulen hatte seinen Töchtern sofort Stubenarrest erteilt und Otto in den Arm genommen, ihn getröstet. Warum sie Misha nichts davon erzählt hatte, wusste sie selbst nicht genau, vielleicht wollte sie es für sich behalten, vielleicht genoss sie das Gefühl, dass ihr Kind van Keulen so viel bedeutete, mehr als seine Mädchen.

Sie konnte sich vorstellen, dass Otto eines Tages Rad fahren würde und dann so groß wäre, dass er schnell an ihr vorbeiflitzte, ohne zu merken, dass sie ihn betrachtete. Jet sah das Dreirad vor sich, das ihr Vater damals mit nach Hause gebracht hatte.

Nicht einmal das kleine Foto, das van Keulen ihr geschenkt hatte, zeigte sie Misha. Sie wusste nicht, warum, schließlich sagte es gar nichts über ihr Verhältnis zu van Keulen? Dass das Blut manchmal in ihrem Hals hämmerte, wenn van Keulen seine Finger zwischen ihren Beinen bewegte, verdrängte sie lieber. Er kannte ihren Körper zu gut. Und sie wusste nicht, wie sie sich dagegen wehren sollte, und schämte sich. Es war unerträglich, dass er dabei nicht nur an sich selbst dachte. Es fiel ihr immer schwerer, ihn zu verabscheuen. Dass er außerdem ein liebevoller Vater war, sah Jet regelmäßig mit eigenen Augen. Dass er Tini zu sich genommen hatte, war das auch ein Zeichen von Liebe?

Sie trug eine Wanne mit lauwarmem Wasser in den Keller. Sie durften kaum noch heißes Wasser verwenden, das Heizmaterial war knapp. Misha hatte sich angewöhnt, das Wasser mit den flachen Händen vom Körper abzustreifen, damit er sich schneller abtrocknen konnte und weniger fror. Er klagte jetzt immer häufiger, und manchmal gab er ihr die Schuld an seinem Elend; sie hatte ihn schließlich hierhergebracht. Es müsse doch noch andere Möglichkeiten geben. Worauf Jet jedes Mal nickte und »ja, den Scheiterhaufen« zurückgiftete. Sie fand es schrecklich, er tat ihr leid, aber sie war fest entschlossen, nicht nachzugeben.

Wieder einmal traf sie einen trübsinnigen Misha an. »Ach, lass mich doch in Ruhe«, sagte er. Was sie nicht tat, denn sie wusste, dass er die Hoffnung aufgegeben hatte.

Manchmal versuchte sie ihn damit zu trösten, dass es sicher bald vorbei sei, und von Mal zu Mal klang sie unglaubwürdiger. Sie hoffte, dass sein Trübsinn nichts mit van Keulen und dem Kleinen zu tun hatte. Er fragte regelmäßig nach Otto und dem Nachbarn und wollte wissen, ob er sie oft belästigte, was Jet jedes Mal verneinte. Nicht, weil van Keulen sie etwa nicht belästigte, sondern weil sie sich für das andere Gefühl schämte, das in ihr war. Es half Misha nichts, davon zu wissen, besser war es, wenn er sich in seinen Romanen verlor.

Jet sah den kleinen Jungen in den Garten rennen. Wie schon in den vergangenen Tagen lief er gleich zu dem Nest, das er mit van Keulen gebaut hatte. Das Vogelweibchen lag reglos auf der Steinterrasse, das Küken im Nest zeterte, es wusste weder ein noch aus. Otto hatte keine Angst. Er nahm das Vögelchen mit ins Haus. Kurz darauf kam Frau van Keulen heraus, um ein neues Nest zu bauen. Otto versorgte das Küken mit Brotkrümeln.

Das Vogeljunge gedieh gut. Otto und seine Schwestern wollten ihm das Fliegen beibringen. Zuerst ein kleines Stück über der Erde, danach ein kleiner Stupser, damit es die Flügel ausbreitete. Nach drei Tagen machte es schon die ersten Flügelschläge. Otto rief nach seiner Mutter, um ihr zu zeigen, was der kleine Vogel bereits geschafft hatte. Das Vögelchen kehrte immer wieder zu Otto zurück, auch am folgenden Tag. Otto strahlte über das ganze Gesicht und hätte den Vogel unter Tausenden erkannt.

Misha fand die Geschichte sonderbar, aber er konnte sich ja selbst kein Bild davon machen. Henk schon. Er beobachtete Otto vom Fenster im Obergeschoss aus und erzählte Jet, dass er den Vogel wirklich gesehen habe. Auf Ottos Arm.

Einer der Arbeiter in der Druckerei hatte Henk erzählt, dass die Stimmung unter den deutschen Soldaten in den Niederlanden allmählich umschlug. Er wohnte in der Nähe eines deutschen Wachtpostens und sprach gelegentlich mit den Männern. Die Deutschen sahen das Kriegsende herannahen und wirkten verunsichert. Einige waren ausgehungert und bereit, Waren und Fahrzeuge gegen Lebensmittel oder einen sicheren Unterschlupf zu tauschen. Ein anderer Mitarbeiter, der die Drucksachen kontrollierte, hatte seit ein paar Wochen ein Radio, und auch er berichtete Ähnliches. Trotzdem würde es mit der endgültigen Befreiung sicher noch eine Weile dauern, meinte Henk, als Jet ihm einen Teller Kartoffelbrei vorsetzte.

Zunächst schien sie das alles nicht zu berühren, aber als sie noch einmal nach den Radionachrichten fragte, merkte sie, dass doch ein Fünkchen Hoffnung in ihr war.

Misha wollte sie vorläufig nichts davon sagen, zu oft hatte sie ihm Nachrichten zugetragen, die sich als falsch erwiesen; er nahm ihre Berichte nicht mehr ernst. Sie ließ Henk ruhig weiteressen und ging auf ihr Zimmer.

Am frühen Morgen, Henk war bereits in die Druckerei aufgebrochen, nahm Jet die Wohnzimmerkissen mit in den Garten, um sie dort auszuklopfen. Van Keulen wusste bestimmt, ob die Radionachrichten stimmten oder nicht. Außer über sich, die Kunstwerke und seine Gefühle für sie besprach er kaum etwas mit ihr. Über die Besatzung hatten sie nie geredet, sie hatte nicht gewagt, ihn danach zu fragen. Von seiner Arbeit in dem Möbelgeschäft erzählte er auch nie. In seinem Haus hingen immer dieselben Bilder, als einzig neues war Tini dazugekommen. Jet wunderte sich darüber, schließlich war er besessen von Kunst. Er hatte ihr zwar gesagt, dass er Listen über Kunstwerke führe, aber Jet hatte nie eines dieser Bilder gesehen. Und wenn er ihr davon erzählte, gelegentlich voller Begeisterung, was für ein Prachtstück es gewesen sei, erfuhr sie doch nie, wo er es gesehen hatte. Er sagte immer, die Bilder seien »auf der Durchreise«, und er müsse nur ihren Wert schätzen.

Gut eine Woche später, Jet staubte gerade den Mahagonitisch im Wohnzimmer ab, hörte sie Henk unerwartet früh nach Hause kommen. Sobald er die Haustür geschlossen hatte, rief er nach Jet und kam in ihr Zimmer gelaufen. Sie drehte sich halb zu ihm um und fragte, was vorgefallen sei.

Er holte sehr tief Luft. »Es ist vorbei, Jet.«

Sie rührte sich nicht.

Henk erzählte von den ersten Aushängen, die er

eben auf der Straße gesehen hatte. Überall würden diese Papiere jetzt hängen.

Jet starrte ihn an.

»Die Leute gehen auf die Straße, es wird getanzt, gesungen!«

Er zeigte auf die Haustür. Ob sie es nicht mit eigenen Augen sehen wolle?

Kopfschüttelnd knetete sie das Staubtuch in ihren Händen. Sie warf ihm einen scheuen Blick zu. »Und was wird jetzt?«

»Jetzt ist es wirklich vorbei, Jet!«

Sie hatte die Orientierung verloren, obwohl sie nirgendwohin unterwegs war.

Henk kam mit ausgebreiteten Armen auf sie zu. »Ist das nicht unglaublich?«

Sie konnte es wirklich nicht glauben.

Während sie sich umarmten, schämte sich Jet der befremdlichen Leere, die sich in ihr ausbreitete.

Dass er je wieder den Keller verlassen würde, daran hatte Misha schon lange nicht mehr geglaubt. Seine Wirbelsäule war inzwischen so versteift, dass er sich nicht mehr ganz aufrichten konnte. Jet versuchte, ihn auf der Treppe nach oben zu stützen, aber er wies ihre Hilfe zurück. Er fluchte. Er sollte sich befreit fühlen, aber sein Körper ließ ihn im Stich.

Jet trug ihren letzten Rock, den mit den großen roten Karos, aus dem sie das schwarze Futter herausgeschnitten hatte, um damit andere Kleider auszubessern. Alle ihre Kleider waren im Lauf der Jahre fadenscheinig geworden. Sie legte ihr Medaillon um. Sie sehnte sich nach ihrer Mutter. Sie würde nach Amsterdam fahren, mit einer zusammengeknoteten Schnur um die Taille, damit der Rock nicht rutschte. Sie hatte regelmäßig Bindfäden aufgehoben, die von Henks Drucksachen stammten; manchmal hatte er sich Arbeit mit nach Hause genommen und weggeworfen, was er nicht mehr brauchte. Sie hatte alles wieder aus dem Papierkorb gefischt, auch lose Blätter, die sie für ihre Hausarbeitslisten verwendete oder für die vielen geschriebenen, aber nie versandten Briefe an ihre Eltern.

Wie schwer es Jet fiel, loszugehen, fühlte sie, als sie die Schnur um ihre Taille immer wieder anzog.

Sie konnte sich kein Leben mehr ohne Henk, ohne die Nachbarn, ohne das Kind vorstellen. Sie wollte zwar versuchen, Tini mitzunehmen, aber es würde schwer sein, mit einem Gemälde zu reisen. Und es gab auch keine Gelegenheit, das Bild zurückzuholen; seit Tagen schon hatte sie van Keulen nicht gesehen. Er war verreist. Henk fragte Frau van Keulen nach dem Bild, aber die wollte nichts davon hören. Henk versicherte Jet, er werde die Sache später mit van Keulen klären und ihr Tini nach Amsterdam bringen.

Jet wollte nicht gehen, aber Misha dankte Gott auf Knien, dass er wieder Tageslicht sah und dieser gewaltige Alptraum endlich ein Ende gefunden hatte. Jet schob ihren Auszug immer wieder auf, nur um ein paar Tage, aber schließlich fand sie keine Gründe mehr dafür.

Sie wollte nicht gehen, ohne sich von van Keulen zu verabschieden, aber Frau van Keulen meinte, es könne noch eine Weile dauern, bis ihr Mann zurück sei. Henk sagte, Männer wie van Keulen hätten jetzt ein Problem, obwohl er sich auch vorstellen konnte, dass van Keulen seine Angelegenheiten gut geregelt hatte. Niemand im Viertel wusste, welche Funktion er in den vergangenen Jahren beim NSB wirklich innegehabt hatte. Einige behaupteten, er habe sich rein administrativ mit Kunst beschäftigt. Und diesen Eindruck hatte Jet ja auch gewonnen.

Aber Otto war da. Er stand an der Haustür neben seiner Mutter und sah Jet mit seinen wunderbaren Augen an. Sie wagte nicht, ihn direkt anzusprechen, wagte nicht, ihm zu sagen, was sie nicht sagen durfte. Es war die Voraussetzung für seine Existenz. Vielleicht war es besser für sie, wegzugehen. Als Dienstmädchen des Nachbarn verabschiedete sie sich nun liebevoll von ihm, wobei er sie unablässig anstarrte.

»Wofür ist die Schnur?«, fragte Otto neugierig.

Jet lächelte und sagte mit zitternder Unterlippe. »Die Schnur hält mich zusammen.«

Obwohl sie davon überzeugt war, dass sie ihre Eltern dort nicht finden würde, eilte sie trotzdem als Erstes zum Nieuwendijk. Je näher sie dem Zoutsteeg kam, desto mehr schmerzte ihr Magen. Auch ihre Hüfte tat weh, und sie fühlte ein Stechen in der Seite, aber das konnte auch vom schnellen Laufen kommen. Sie fühlte sich matt, und ihr war schwindlig, sie fürchtete, in Ohnmacht zu fallen. Dennoch entschied sie sich, weiterzugehen, nach vorn zu schauen und in die Pedale zu treten – wieder hörte sie die Stimme ihrer Mutter, klarer als je zuvor.

Sie blieb vor ihrem Elternhaus stehen und sah nach oben. An den Fenstern hingen nicht einmal Scheibengardinen. Nach langem Klingeln stellte sich heraus, dass es doch Bewohner gab. Sie forderten Jet auf, zu verschwinden, sie hätten nichts mit ihr zu tun, und ihr Familienname sage ihnen auch nichts. Außerdem würden sie schon seit Jahren hier wohnen. Wenn sie nicht ginge, würden sie die Polizei rufen.

Jet drehte sich schwankend um. Schau nach vorn, geh weiter, befahl sie sich selbst.

Auf dem Damrak – sobald sie sicher war, dass diese Leute sie nicht mehr sehen konnten – brach sie zusammen. Sie blieb auf dem Bordstein sitzen. Radfahrer fuhren an ihr vorbei, Fußgänger sahen sie an, sie konnte kein Glied rühren. So etwas hatte sie noch nie empfunden, es war vorbei, das wusste sie jetzt. Sie hatte immer gedacht, dass alles vielleicht nicht ganz so schlimm sein würde, wenn nur der Krieg vorbei wäre. Dass sie sich hier so fremd fühlen würde, das hatte sie sich nicht vorstellen können.

Plötzlich drängte sich ihr der Gedanke auf, dass sie ihre Eltern vielleicht nie mehr finden würde. Ihr früheres Leben gab es nicht mehr.

Sie starrte auf die Stelle direkt vor ihr, zu der sie unzählige Male gelaufen war, um Misha zu küssen. Damals hatte sie gewünscht, dass die Zeit stillstünde. Voller Sehnsucht nach dem nächsten Tag war sie dann zum Nieuwendijk zurückgegangen.

Auf der verzweifelten Suche nach ihren Eltern, ihrem Cousin und einem Fleckchen, wo sie wohnen könnte, schleppte sie sich durch die Stadt. Wegen der milden Temperaturen konnte sie, wie viele andere Menschen, unter freiem Himmel schlafen. Sie hielt sich bei den großen Gruppen heimgekehrter Juden im Park auf. Jeder schrecklichen Geschichte folgte eine noch viel schrecklichere, aber Jet hatte sich vorgenommen, nicht zu reden. Sie dachte an Misha, der in der Innenstadt in einem Krankenhaus lag. Abgesehen von seiner angegriffenen Lunge hatte er auch Probleme beim Gehen. Die Ärzte meinten, seine Chancen auf Genesung stünden gut, aber sie wollten ihn nicht gleich seinem Schicksal überlassen, er solle noch eine Weile im Krankenhaus bleiben, um wieder zu Kräften zu kommen. Für Misha war sein Bett im

Krankenhaus schon eine ganz andere Welt; er lag neben Menschen, hörte Geräusche um sich herum, und es gab Tageslicht.

Jet hatte Henk versprochen, sich regelmäßig bei ihm zu melden, solange sie noch keine Unterkunft gefunden hatte. Es gelang ihr nur sehr selten, ihn anzurufen. Wenn sie überhaupt ein Telefon fand, musste sie oft lange anstehen. Jedes Mal fragte er, ob sie genügend Lebensmittelmarken habe und ob sie schon etwas von ihren Eltern gehört habe. Ja und nein, hörte sie sich sagen. Sie hatte immer ein ganzes Blatt mit Marken in ihrer Tasche, und sie aß nur wenig. Sie wollte lieber über ihn sprechen, über ihr Zuhause, und über Otto, aber Henk war kein großer Redner, und am Telefon hörte er noch schlechter als sonst. Jedes Mal sagte er, dem Kind gehe es gut. Van Keulen sei wieder zurück, und es würde ihn, Henk, nicht wundern, wenn der Nachbar in Kürze noch mal, aber diesmal ein bisschen länger, verschwinden würde. Was dann aus seiner Familie würde, wusste Henk nicht. Jet flehte ihn an, in Erfahrung zu bringen, wo sie dann hingehen würden – er durfte Otto nicht aus den Augen verlieren.

Bei der Möbelspedition Büch gab es noch Unterlagen darüber, was man damals bei den Plessners am Nieuwendijk abgeholt hatte; alles war ordentlich mit Namen und Adresse verzeichnet, und es gab keinerlei Grund, den ursprünglichen Besitzern ihr Eigentum vorzuenthalten. Mit den gefälschten Papieren konnte Jet jedoch nicht mehr nachweisen, wer sie war; und neue gültige Papiere hatte sie keine. Aber einer der Männer von Büch erkannte Jet wieder.

»Ja, ich erinnere mich. Dein Vater war der Besitzer von einem ganzen Haufen Läden. Was bist du mager, Kind, aber zum Glück hast du noch dein schönes Haar.«

Jet sagte, sie habe im Untergrund gelebt. Sie erschrak ja selbst immer vor den Menschen, die aus den Lagern zurückkamen, weniger wegen ihrer Körper als, in der Tat, wegen ihrer kahlen Köpfe. Der Chef der Spedition bot ihr gleich ein paar belegte Brote an, von denen sie eines mit Genuss verspeiste, die anderen wollte sie mitnehmen, dann musste sie heute Mittag nicht mit ihren Lebensmittelmarken anstehen.

Inzwischen waren schon zwei Wochen vergangen und die Chancen gering, dass ihre Eltern noch zurückkamen. Doch das war für Büch kein Problem. Sie brauchten aber eine Lieferadresse. Sie vereinbarten, dass Jet sich wieder melden würde, sobald sie einen Schlafplatz gefunden hatte oder eine Wohnung. Eigentlich wollte sie die Möbelpacker von Büch nach einem Schlafplatz fragen, sie kannten die Stadt doch so gut, aber irgendwie traute sie sich nicht.

Mit der Schnur um die Taille lief sie ins Stadtzentrum. Sie wechselte zwischen zwei Blusen. Was macht es schon aus, ob ich die Sachen wiederhabe oder nicht, sagte sie sich.

Auch wenn sie nicht mehr klingeln wollte, beschloss sie doch, in der Nähe ihres Elternhauses nach weiteren Informationen zu suchen. Alle Ladenbesitzer kannten schließlich ihren Vater, und, wer weiß, vielleicht hatte ihn jemand gesehen oder etwas von ihm gehört?

Durch die Kalverstraat ging sie Richtung Nieuwendijk. Beim Dam fühlte sie, dass ihr übel wurde; sie blieb kurz stehen. »Weitergehen«, ermahnte sie sich laut. Auch nach der Befreiung war hier noch geschossen worden, hatte sie gehört. Sie wusste nicht recht, worauf sie achten sollte. Waren es Männer aus dem Widerstand gewesen oder noch NSBler? Jet ballte ihre Hände zu Fäusten, presste ihre Arme eng an den Körper und lief so schnell wie möglich weiter.

Nachdem sie den Dam überquert hatte, begannen ihre Hände zu zittern. Mit jedem weiteren Schritt wurde ihr beklommener zumute, aber sie versuchte, sich auf die Geschäfte zu konzentrieren, sich an die Namen der Mieter zu erinnern. Viele Läden waren geschlossen, zugenagelt oder hatten einen anderen Namen. Sie erkannte niemanden. Noch ein paar Schritte, und ich bin zu Hause, dachte sie. Sie trat ein paar Schritte zurück, um das Gebäude genauer in Augenschein zu nehmen. Die Farbe blätterte ab, zwei Fensterscheiben waren zerbrochen.

Dann setzte sie sich auf die Eingangstreppe ihres Elternhauses. Sie wusste nicht, wo sie sonst hingehen sollte. Sie biss ihre Nägel kürzer ab als je zuvor und beschloss, Henk zu fragen, ob er sie zurücknehmen wolle.

Wie lange sie dort gesessen hatte, wusste sie nicht. Schließlich klingelte sie doch noch einmal, aber alles blieb still. Sie setzte sich wieder auf die Treppenstufen, wartete. Als ob es noch einen Sinn hätte. Sie dachte an das, was sie in den vergangenen Tagen im Park gehört hatte, von Leuten, die nach ihren Verwandten suchten. Im Hauptbahnhof hingen angeblich Rotkreuzlisten. Listen von Menschen, die sicher nicht zurückkamen, das hatten die Deutschen genau registriert.

Sie hatte gehört, dass es am Bahnhof vor Menschen wimmelte, dass es sogar Menschen gab, die, nachdem sie die Rückfahrt überlebt hatten, im Bahnhof ihren letzten Atemzug taten. Vielleicht waren ihre Eltern in dieses Chaos geraten und konnten jetzt nicht wegkommen, oder vielleicht hatte sie das Rote Kreuz irgendwo anders hingebracht. Jet stand auf. Ihre Beine schmerzten, alles tat weh. Weiterlaufen, dachte sie, als sie den Bahnhof vor sich liegen sah.

Auf dem Bahnhofsvorplatz herrschte ein furchtbares Chaos. Selbst Kinder liefen suchend umher, ausgemergelt, in zerschlissenen Kleidern. Trotz der milden Temperaturen gab es Leute, die sich nicht von ihren dicken Mänteln trennten. Jeden jungen Mann im dunklen Wintermantel, den Jet vorbeigehen sah, musterte sie genau. Ihr Cousin hatte einen solchen Mantel gehabt, aber kein Gesicht glich dem seinen. Sie würde auch nach seinem Namen suchen. Sie würde alles absuchen, nahm sie sich vor, während sie über den Bahnhofsvorplatz zum großen Rotkreuzposten lief. Dort lagen stapelweise Decken herum, aber sie wagte nicht, sich einfach eine zu nehmen. Sie fragte eine Frau in Uniform, wo die Listen hingen. Die Frau deutete auf eine Wand ein Stückchen weiter. Menschen drängten einander beiseite, um die Namen besser lesen zu können. Jet zwängte sich nach vorn, aber etwa vier Meter vor der Wand wurde sie eingeklemmt. Bedrückt sah sie um sich, doch kein einziges Gesicht in der Menge kam ihr bekannt vor. Alle Köpfe sahen gleich aus. Wenig Haar und magere Gesichter.

Es dauerte eine geschlagene Stunde, bis sie die erste Liste vor sich hatte. Zeile um Zeile las sie die Namen derjenigen, die umgebracht worden waren, die nie mehr nach Hause kommen würden. Sie suchte ihren eigenen Nachnamen. Weil er nicht dabeistand, versuchte sie, zur nächsten Liste zu kommen. Mit der Hand wischte sie ein paar Schweißtropfen unter ihrer Nase weg.

Beim Warten sah sie, dass eine neue Liste an die Wand geklebt wurde, und sie beschloss, jetzt jeden Tag herzukommen.

Nach einer Woche konnte sie sich nicht mehr erinnern, wie viele Listen sie bereits gelesen hatte. Die Namen wirbelten vor ihren Augen. Sie kannte inzwischen andere Menschen, die im Untergrund überlebt hatten und täglich an derselben Stelle standen; jeder kam aus demselben Grund. Es waren nur wenige Tausend Menschen zurückgekommen, sehr viel Hoffnung durfte sie sich nicht mehr machen. Aber Jet wollte nicht aufgeben. Ihre Eltern saßen vielleicht in einem späteren Zug oder waren irgendwo umgestiegen. Die Frau in Rotkreuzuniform vom ersten Tag hatte ihr eine Decke gegeben. Die Leute schlagen sich darum, hatte sie gewarnt, also lass sie nicht herumliegen. Jet trug die Decke wie ein Umschlagtuch um ihre Schultern.

In der Ruhe des Krankenhauszimmers konnte sie aufatmen. Wenn sie Misha vom Chaos am Bahnhof erzählte, fragte er, welche Namen sie erkannt hatte, ob welche von deutschen Männern dabei waren, mit denen er gearbeitet hatte, bevor er mit ihr nach Haarlem gegangen war. Seinen eigenen Familiennamen müsse sie nicht suchen; der stehe bestimmt auf Listen in Deutschland. Aber er hatte Jet gebeten, beim Roten Kreuz danach zu fragen.

»Als ob unsere Arbeit hier nicht schon schwierig genug wäre«, spöttelte ein Rotkreuzler. Jet nickte verunsichert und ging zum x-ten Mal zu der Wand mit den Namen. Dort war es in den vergangenen Tagen immer ruhiger geworden. Sie legte den Kopf in den Nacken, um auch die Namen ganz oben gut lesen zu können. Ein Mann in Uniform bat um Aufmerksamkeit. Ängstlich drehte sie sich um. »Es gibt keine neuen Listen mehr«, sagte er.

Und Jet zog die Schnur um ihre Taille noch fester.

Henk weigerte sich, sie wieder bei sich aufzunehmen. Es sei nicht gut für sie, meinte er und schlug ihr vor, eine Weile bei seinem Bruder in Amsterdam zu wohnen, damit sie ein Dach über dem Kopf hätte. Tagsüber sollte sie versuchen, ihre Angelegenheiten zu regeln. Sie schluchzte ins Telefon. Sie wollte nach Haarlem zurück, in sein Haus, wo alles so viel besser gewesen war. Sie hatte sich noch nie so einsam gefühlt. Misha schien ihre Besuche weniger zu brauchen als in den ersten Tagen. Mit seinen Nacherzählungen der russischen Romane, die er in all den Jahren gelesen hatte, unterhielt er das ganze Krankenzimmer.

Jet flehte Henk am Telefon an, sie werde für ihn arbeiten, mindestens so hart wie vorher, sie werde alles für ihn tun.

»Kommt nicht infrage«, antwortete er. »Du musst dir ein eigenes Leben aufbauen.« In der Leitung wurde es still. Um sie abzulenken, sagte er, dass er noch immer vier Tage lang dieselben Teeblätter aufgießen würde, etwas, worüber sie oft gelacht hatten. Jet hatte ihre rechte Hand auf den Hörer gelegt. Er sollte ihren Kummer nicht hören.

Otto gehe es gut, sagte Henk. Und van Keulen war

es gelungen, vorläufig zu Hause zu bleiben, vielleicht wurde seine administrative Tätigkeit nicht so hart bestraft wie das, was die anderen angestellt hatten. Manche Männer wurden aus ihren Häusern geschleift und auf der Straße von Widerständlern zusammengeschlagen, aber bei van Keulen waren nur ein paar Parolen auf die Haustür geschmiert worden, die er mit Wasser und Seife eigenhändig entfernte. Er schien ungestört weiterzuleben und sich vor allem um seine Kinder zu kümmern.

»Und Tini?«, fragte Jet, aber darüber machte sie sich eigentlich nicht groß Gedanken. Van Keulen sorgte gut für Otto, das war alles, was sie hören wollte.

Henk hatte die Gelegenheit genutzt, als er van Keulen auf der Straße begegnete, und gefragt, ob das Gemälde jetzt wieder nach Amsterdam umziehen könne, Jet würde es gern zurückhaben, sie wohne derzeit in der Stadt bei seinem Bruder. In Zivilkleidung sah van Keulen freundlich aus, doch ohne das geringste Zögern schüttelte er den Kopf. Das Bild werde er keinem anderen mitgeben als Jet: Sie habe Tini hierhergebracht, sie müsse sie auch selbst wieder abholen.

Henk beschloss, Jet nichts davon zu sagen. Diese Zeiten waren vorbei. Es war nur zu ihrem Besten. Er musste eine Lösung finden, um van Keulen zu überführen, aber er wusste noch nicht wie. Er mied das Thema Jet gegenüber, genau wie er ihr nicht erzählt hatte, dass der kleine Vogel nicht mehr zurückgekommen war und das Kind ständig nach ihm suchte.

Jet fragte immer wieder nach Tini. Wenn man eine Lüge in die Welt gesetzt hat, muss man auch konsequent dabeibleiben, hatte Henk von seiner Mutter gelernt – deshalb hatte er seine Schützlinge die ganze Zeit bei sich behalten können. Nie hatte er sich in der Druckerei oder sonst wo versprochen, nie machte er einen Fehler. Er wollte Jet erzählen, dass van Keulen das Bild verkauft habe. Sie würde nicht mehr danach fragen, hoffentlich einen noch größeren Widerwillen gegen den Vater ihres Kindes entwickeln und ihr Leben in Haarlem hinter sich lassen können.

Nach einigen Wochen wurde Misha aus dem Krankenhaus entlassen. Es war ihm gelungen, eine Unterkunft für sie zu finden, bei einem seiner Mitpatienten. Aber Jet machte Schwierigkeiten, ihr passte das Viertel nicht, die Leute, bei denen sie unterkamen, die Entfernung zur Innenstadt – lauter Ausreden, die, wie Misha meinte, nur zeigten, dass es ihr nicht gut ging. Sie wollte wieder nach Haarlem zurück. Misha brachte immer Verständnis für Jets Gefühle auf, aber diesmal ging sie zu weit. Natürlich war es unerträglich, dass sie keine Hoffnung mehr haben durfte und einsehen musste, dass ihre Eltern umgekommen waren und wahrscheinlich auch ihr Cousin den Krieg nicht überlebt hatte. Und ohne Hoffnung verlor sie die Kraft zum Weiterleben. Trotz der vielen Lebensmittelmarken, die sie bekommen hatte, aß sie noch immer schlecht und sah miserabel aus. Über das Kind wollte sie nicht sprechen. Sie reagierte mit Wutanfällen, als hätte die Aggression die ganze Zeit in ihr ausgeharrt, um nun endlich hervorzubrechen. Misha ertrug auch ihre Wut. Selbst wenn sie ihn anschrie, sah er ihre Schönheit.

Die Schnur wurde immer dünner, und direkt am Knoten über ihrem Bauchnabel löste sich der Faden langsam auf. Jet konnte diese Schlamperei nicht ausstehen, aber ohne die Schnur verlor sie ihre Kleider. Sie knotete die Schnur auch um die viel zu große Hose, die sie sich beim Stützpunkt für Heimkehrer aus dem Kleiderlager geholt hatte. In einem Gespräch auf dem Dam, genau dort, wo sie sich früher immer getroffen hatten – Misha dachte, es täte ihnen gut, wieder zusammen dort zu sein –, versuchte sie ihn davon zu überzeugen, dass es im Haus von Henks Bruder besser wäre als bei Mishas Bekanntem aus dem Krankenhaus. Aber Misha wollte sich selbst etwas aufbauen, mit ihr, ohne Henk oder Henks Bruder. Jet könne natürlich wohnen, wo sie wolle, sagte Misha, aber er habe das Angebot bereits angenommen. »Und ich möchte, dass du mitkommst.«

Mit einer Unruhe, die er nicht an ihr kannte, stimmte sie schließlich zu, ihre Unterkunft bei Henks Bruder zu kündigen.

Misha nahm sie in die Arme, und ihr Atem wurde ruhiger, ohne dass sie auch nur das Geringste von dem begriff, was in ihr vor sich ging.

Sie wusste nicht einmal mehr, an wen sie zuerst denken sollte, so nah beim Haus ihrer Eltern, so schrecklich fern von Otto.

II

NEW YORK, 1975

Collins war hungrig. Zu Hause hatte man bestimmt nicht mit dem Abendessen auf ihn gewartet. Vielleicht war es auch besser so, dann musste er sich wenigstens nicht über ihre Raucherei bei Tisch ärgern. Wie oft hatte er sie schon darauf hingewiesen? »So bin ich eben«, kam dann bloß zurück.

Der Portier begrüßte ihn freundlich. »Und, wie war Ihr Tag?« Collins ließ die Frage unerwidert im Raum stehen, wie jeden Tag. Der Portier wünschte ihm noch einen schönen Abend.

Freudig sprangen die Kinder vom Tisch auf. Wie immer umarmte ihn seine kleine Jessica, bis ihre Mutter sie aufforderte, sich wieder hinzusetzen. Sein Sohn bekam einen Kuss auf die Stirn. Bevor sich Collins zu ihnen gesellte, wusch er sich in der Küche die Hände und schenkte sich einen Drink ein. Erst im Sitzen nippte er an seinem Glas. Wie es in der Schule gewesen war, wollte er wissen. Die

Kinder fingen sofort an, durcheinanderzuplappern, aber Ellen toppte alles, als sie erzählte, dass sie sich mit ihrer Freundin Martine zum Lunch getroffen hatte. Collins beschloss, aufmerksam zuzuhören, obwohl es ihm herzlich egal war. Martine hatte Ellen, ganz im Vertrauen, erzählt, dass sie einen Psychiater aufgesucht habe. »Und bei dem verbringt sie jetzt jede Woche drei Nachmittage.«

»Und was willst du damit sagen?«

Ellen verzog den Mund. Sie glaubte, dass es Martine guttat. Na prima, dachte Collins, dieses Psychogeschwätz. Ich fühle mich nicht gut, ich fühle mich nicht wohl, wie fühlst du dich heute? Im Büro hatten sie mal eine Sekretärin gehabt, die auch endlos über ihre Therapie reden konnte. Für Collins wuchs sich das zu einer modernen Epidemie aus.

Seit dem Unfall war er verändert. Um das zu begreifen, brauchte er aber keinen Therapeuten. Ellen fragte immer häufiger, worüber er denn nachdenke, obwohl sie nicht wirklich interessiert schien. Für sie war es wichtiger, wo und mit wem er seine Zeit verbrachte. Sie hatte sich nie mit dem Unfall beschäftigt, damit, was es für ihn bedeutete, ihr ging es allein um die finanziellen Aspekte, um die Kosten. Das hatte sie von ihrem Vater, der sein Leben lang mit seinem dicken Hintern auf einem Sack Geld gesessen hatte. Auch er hatte gleich nach dem Unfall gesagt, Collins müsse sich freikaufen. Als ob es kein Leid gäbe, vor allem nicht das Leid eines anderen.

Nachdem das Finanzielle geregelt war, hatte Ellen keine Fragen mehr gestellt. Sie begriff einfach nicht, dass er sich schuldig fühlte. Mit der Gabelkante zerteilte er die weichgekochten Kartoffeln.

Eine halbe Stunde später hatte Ellen die Kinder ins Bett gebracht. Er liebte es, noch kurz bei ihnen am Bettrand zu sitzen, bis sie einschlummerten. Seine Tochter hatte einen festen Platz für ihn, und meistens stellte sie auch die immergleiche Frage: Sie wollte wissen, wie Gott aussah. Weil er zum wiederholten Mal nicht wusste, was er darauf antworten sollte, fragte er, ob sie in der Schule mit dem Hüpfseil gespielt habe. Sie nickte. Sie hatte es sechzehn Mal geschafft, ohne hinzufallen. »Gut gemacht, mein Mädchen«, lobte Collins und streichelte ihr die Wange. Ob Gott eigentlich Augenbrauen habe, fragte sie. Collins antwortete, dass er das nicht wissen könne, aber das schien sie nicht zu stören, sie fragte trotzdem immer weiter nach. Er küsste sie liebevoll und ließ ihre Zimmertür einen Spalt offen.

Später kam Ellen wieder auf ihr Treffen in der Mittagspause zurück. Collins holte tief Luft und fragte, ob sie vielleicht auch gern so einen Therapeuten hätte. Sie nickte heftig. Welche Probleme sie denn mit einem Fremden besprechen wollte? Dazu fiel ihr nichts ein. An diesem Abend hatte Collins keine große Mühe, seine Frau von ihren Plänen abzubringen, aber sie würde wieder davon anfangen, und er wusste, dass er zuletzt nachgeben musste.

Ellen und ihrer Familie hatte er zu verdanken, wo er heute war. Eine Stellung, in der er alle Eigenschaften, die er an sich nicht leiden konnte, ausklammern konnte. Nur manchmal, wenn er in den Spiegel schaute, sah er an sich diesen Blick, den er nicht einordnen konnte.

Im Lauf der Jahre konnte Collins Ellen immer weniger ertragen. Nicht, dass sie wirklich etwas falsch machte, aber er fühlte sich zusehends unwohl in ihrer Nähe. Wenn sie überhaupt miteinander redeten, verliefen ihre Gespräche schleppend oder es ging um Belanglosigkeiten, was vor allem an ihm lag. Er hatte immer einen gewissen Abstand gewahrt. Über seine Kindheit hatte er kaum etwas preisgegeben. Und Ellen hatte nie nach seiner Vergangenheit gefragt. Anfangs war es ihm nur recht gewesen, dass sie allein an seiner Zukunft interessiert war, bis ihm aufging, dass sie von dieser Zukunft vor allem ein hohes gesellschaftliches Ansehen erwartete.

Er kostete die seltenen Momente aus, in denen er die Wohnung für sich allein hatte oder nur das Dienstmädchen da war. Blancas Arbeitsvisum war inzwischen abgelaufen – bei der ersten Straßenkontrolle würde man sie zurück nach Brasilien schicken, zu ihrer Familie, die sie jetzt aus der Ferne ernährte. Doch darüber machte Blanca sich keine großen Sorgen. Immerhin wäre sie dann wieder bei ihrer kleinen Tochter.

Collins hatte dafür kämpfen müssen, dass sie

bleiben durfte und er ihr ab und zu ein Trinkgeld zustecken konnte. Für Ellen war das rausgeschmissenes Geld, sie fand, dass Blanca nicht gut arbeitete. Aber Collins hing inzwischen an ihren seltenen Gesprächen, bei denen sie sich nie richtig zu verstehen schienen und die ihm deswegen umso lieber waren, weil diese Gespräche nämlich keine Konsequenzen hatten, ganz gleich, was er ihr erzählte.

Aber auch hier stimmte irgendetwas nicht. Seit er Blanca gebeten hatte, seine Schuhe zu putzen, ohne zu merken, dass er sie noch an den Füßen trug, und Blanca vor ihm auf die Knie gefallen war, noch bevor er seine Bitte hatte zurücknehmen können, schien sie jedes Mal zusammenzuzucken, sobald er ihren Namen aussprach.

Während der heißen, feuchten Sommermonate in Manhattan blieb Collins' Frau häufiger zu Hause in ihrer wohltemperierten, klimatisierten Wohnung. Die Kinder waren jetzt fast einen Monat lang im Sommerlager, Collins vermisste sie, auch wenn ihm klar war, dass sie es dort vermutlich besser hatten.

Wie jedes Jahr nutzte Ellen die Abwesenheit der Kinder für einen Besuch bei ihren Eltern, unter anderem, um dort ihre Jugendfreunde zu treffen. In der Zeit konnte Collins sein Glas vollschenken und die Schuhe anbehalten.

Jedes Mal, wenn er, was selten genug vorkam, abends auf der Couch einschlief, wurde er unsanft von Ellen geweckt. Die Couch sei doch kein Bett, fuhr sie ihn an. Jetzt konnte er so lange liegen bleiben, bis er selbst genug davon hatte. Er aß nicht am Tisch, sondern im Stehen in der Küche, und nahm die Kartoffelchips mit ins Wohnzimmer. Es war doch eigentlich verrückt, dass er Skrupel hatte, in seiner eigenen Wohnung zu tun und zu lassen, was er wollte? Wenn er sich bei seinen Kollegen darüber beklagte, lachten sie nur. Collins war nun mal mit einer New Yorker Jüdin verheiratet, was hatte er denn erwartet?

Er hatte nicht darüber nachgedacht, er hatte sich einfach schrecklich in sie verliebt. Als er sie kennenlernte, war er keine zwanzig Jahre alt und erst seit kurzem in den Vereinigten Staaten gewesen. Sie war bildhübsch, mit einer roten Lockenpracht um ihr blasses Gesicht. Schon bald waren sie unzertrennlich, obwohl ihre Eltern ihn erst dann als künftigen Schwiegersohn akzeptierten, als er ihnen erzählte, dass er auf der Uni ein Überflieger war. Als er bald darauf in ihrem Lieblingsauktionshaus eine Stelle bekam, hatte er sie endgültig für sich gewonnen.

Er schenkte sich noch einmal Whiskey nach und trank das Glas in wenigen Schlucken aus. Die Wohnung war dunkel, aber er war zu müde, um aufzustehen und das Licht anzumachen. Im Liegen schleuderte er die Schuhe von sich und zwängte seine Füße in den Spalt unter der Armlehne. Er fühlte seine Lider schwer werden und schloss kurz die Augen. Die Töne aus dem Fernseher verklangen.

Am Abend vor Ellens Rückkehr goss es in Strömen. Beim Nachhausekommen nahm ihm Blanca den Mantel ab und trug auch gleich seine schmutzigen Schuhe davon. Sie habe gar nicht bemerkt, dass draußen so ein Unwetter wüte, sagte sie.

»Nimm dir ein Taxi«, sagte er, »auf meine Kosten.«

Blanca lachte über das ganze Gesicht. Ein Taxi? Sie sei doch nicht aus Zucker und könne sich schon gegen so einen Sturm behaupten. Collins schwieg.

Sie entschuldigte sich vorsichtig, aber die Stimmung blieb kühl. Leise ging sie an ihm vorbei, um seine Schuhe unten in den Garderobenschrank zu stellen.

»Nimm wenigstens einen Schirm mit.«

»Vielen Dank«, antwortete sie, jetzt leiser, und holte einen Schirm aus ihrer schwarzen Handtasche. »Meiner ist nämlich kaputtgegangen.«

»Und gib auf dich acht, ja?«

Sie nickte erneut und sah sich fast gerührt nach ihm um, während sie die Tür hinter sich zuzog. Als würde ich mit einem Kind reden, dachte er, wie dumm.

Er warf noch einen Blick aus dem Fenster. Trotz des Regens wimmelte es auf der Straße von Menschen, die von hier oben wie Ameisen aussahen.

Er goss sich sein Whiskeyglas voll und dachte wieder an den Abend, an den Regen und an das Taxi, das einfach nicht vorankam.

Collins hatte es eilig gehabt. Er war auf dem Weg zu einer Auktion bei der Konkurrenz gewesen, wo Ellen schon ungeduldig auf ihn wartete; ein Gemälde war ihr aufgefallen, »das sich ganz wunderbar in der Diele machen würde«.

»Na los, Mann, bisschen mehr Tempo!«

Er hatte das Mädchen nicht kommen sehen. Der Fahrer gab Collins die Schuld, behauptete, er habe ihn die ganze Zeit gehetzt, und eigentlich stimmte das auch. Collins war aus dem Taxi gesprungen und neben dem Mädchen auf die Knie gesunken. Sie atmete. Aus einer Wunde an ihrem Kopf floss Blut. Collins wollte sie zum Gehsteig tragen, aber sie schrie laut auf. Wenige Minuten später saß er neben ihr im Rettungswagen. Der Taxifahrer hatte noch gefragt, ob er helfen könne, aber Collins wollte ihn nicht mehr sehen.

»Also, eigentlich ist das ja nicht dein Problem«, war Ellens erste Reaktion gewesen. Ihr Vater hätte genau dasselbe gesagt, das wusste Collins. Es war aber durchaus sein Problem, dass eine junge Studentin nun für immer verkrüppelt durchs Leben gehen musste. Er war so anständig gewesen, nicht Ellen die Schuld zu geben, denn eigentlich war ihre Ungeduld der Grund für den Unfall gewesen. Dass er ein Heidengeld gespart hatte, weil er die Auktion versäumte, war Glück im Unglück.

Das Mädchen hatte ihn aus großen, braunen Augen angesehen. Was hätte er tun können? Sie hätte besser aufpassen müssen, dachte er noch, sie hätte vorsichtiger sein müssen bei dem Wetter. So ein hübsches Gesicht, in Verbände gewickelt, er konnte sie kaum ansehen.

Drei Tage später saß er an ihrem Bett. Sie zuckte im Schlaf. Er wagte nicht, sie zu wecken, obwohl er so gern mit ihr gesprochen hätte. Nachdem er eine Viertelstunde lang schweigend bei ihr gesessen hatte, ging er wieder. An der Zimmertür zögerte er kurz, drehte sich noch einmal um. Sie würde nicht wissen, dass er da gewesen war, und das schon zum zweiten Mal.

Nach etwa zehn Tagen wurden die Medikamente reduziert, weshalb sie jetzt weniger schlief, aber stärkere Schmerzen hatte. Sie saß halb aufgerichtet im Bett, als Collins das Krankenzimmer betrat.

Er sagte ihr, wer er war. Das Mädchen reagierte nicht. Konnte sie ihn überhaupt hören? Ob er lieber gehen solle, stammelte er. Wieder keine Reaktion. Erst nach ein paar Sekunden bewegte sie langsam ihre Hand. Es blieb lange still. Collins wusste sich keinen Rat. Er zog seinen Schal fester um den Hals. Er konnte sich nicht erinnern, wann er sich zum letzten Mal so unsicher gefühlt hatte. Wenig später verließ er den Raum. Er würde bald wiederkommen, das wusste er.

Am Empfang fragte er nach ihren Daten und bekam gleich alle Informationen. Man kannte ihn und wusste, dass er sämtliche Kosten übernommen hatte.

Sie lebte von einem Stipendium, erfuhr Collins einige Tage später von einer Krankenschwester in enganliegender Uniform. Ihr war es offenbar gelungen, mit der Patientin zu sprechen. Ihr Vater sei Klavierstimmer, irgendwo im Süden, wusste die offenherzige Krankenschwester zu berichten, eine Reise nach New York könnten sich die Eltern nicht leisten. Collins Frage nach dem Gesundheitszustand der Patientin beantwortete sie nicht.

Ellen wollte mit dieser Stella nichts zu tun haben, also hatte Collins noch etwas, das er für sich behalten konnte. Er überlegte, Stellas Eltern einfliegen zu lassen, entschied sich aber doch dagegen; am besten schlug er sich diese Stella aus dem Kopf. So würde sie nur das angefahrene Mädchen bleiben. Schwieg sie, weil sie nichts mit ihm zu tun haben wollte? Nur einmal hatte sie ihre Hand ausgestreckt … Hatte sie die seine gesucht?

Erst bei der großen Frühjahrsauktion, die er wochenlang vorbereitet hatte, ging Collins auf, dass schon mehr als ein Monat vergangen war. Er hatte sie ein paarmal angerufen, aber sie hatte nicht abgenommen. War sie vielleicht umgezogen? Jedes Mal, wenn er den Hörer in der Hand hielt, fühlte er sich verloren, was sollte er nur fragen? Eigentlich war er erleichtert, dass niemand abnahm. Aber als er jetzt zum ersten Mal seit dem Unfall im Auktionssaal saß, packte ihn die Unruhe.

Vierundzwanzig Stunden später stand er vor der Adresse in Brooklyn, die ihm die Schwester gegeben hatte. Hier musste es sein, aber er konnte ihren Namen auf dem Klingelbrett nicht finden. Er drückte auf beide Klingeln. In seiner Tasche hatte er ein Bündel Geldscheine. Er redete sich ein, dass ihn sein schlechtes Gewissen hergeführt habe, nichts anderes.

Eine dünne ältere Frau öffnete die Haustür einen Spalt breit. Collins setzte zu einer Erklärung an, dass er Stella suche, dass er schon mehrfach versucht habe, sie zu erreichen. Die Haustür öffnete sich weiter, die Frau nickte. Stella habe ihr Telefon abgemeldet, aus finanziellen Gründen; wenn es dringend sei, könne sie von ihrem Apparat aus telefonieren. »Ich werde ausrichten, dass sie Besuch hat. Wen darf ich melden?« Sie war so leicht, dass er kaum ihre Schritte auf den Stufen hörte. »Gehen Sie ruhig nach oben«, sagte sie, als sie wieder auftauchte.

Oben angekommen, klopfte er an die einzige Tür, die er in dem schummrigen Treppenhaus sah. Er hörte es poltern, einige Zeit verstrich, dann ging die Tür auf. Da stand sie, mager und still, mit zwei Kratzern auf der Wange. Ihr langes schwarzes Haar verdeckte die Narbe an der Schläfe. Sie ging an Krücken, schrecklich langsam, mit verzerrtem Gesicht. Jede Bewegung schien eine Qual zu sein. Bestürzt über ihren Zustand, begrüßte er sie zurückhaltend und fragte, ob er hereinkommen dürfe. Sie nickte. Sie hing mehr auf ihren Krücken, als dass sie stand. Collins musste sich sehr anstrengen, nicht auf ihre Bluse zu starren, und schämte sich. Ihr Schreibtisch war übersät mit Lehrbüchern und Papieren. Auf seine Frage, ob er vielleicht störe, kam keine Antwort. Zuerst dachte er, das hätte mit dem Unfall zu tun, aber als sie erneut kaum auf das reagierte, was er sagte, schien es ihm, als ob sie sich in einem merkwürdigen Vakuum befände. Er setzte zu Entschuldigungen an, er habe sie in den vergangenen Wochen zwar angerufen, aber nie erreicht. Deshalb sei er jetzt vorbeigekommen, er sei zufällig in der Nähe gewesen, log er.

Sie finde es nett, dass er kurz vorbeischaue, sagte sie schließlich und schenkte ihm ein Lächeln. Sehr langsam ging sie in ihr kleines Wohnzimmer, Collins bemühte sich, sein Mitleid zu verbergen. Als sie stehen blieb, sah er ihre blasse Haut vor Anstrengung glänzen. Wie kam es nur, dass er keinen vernünftigen Satz herausbrachte? Er zwang sich zu ein paar Worten. »Kann ich etwas für dich tun?«

»Vielleicht meine Prüfung machen?«

Collins versuchte zu lachen. »Hast du noch große Schmerzen?« Mein Gott, wie er Leute hasste, die Fragen stellten, auf die sie die Antwort längst kannten.

Stella nickte, als sie sich ungelenk auf die Couch fallen ließ. Collins setzte sich neben sie.

Er wollte so gern mit ihr reden, wusste aber nicht worüber. Eigentlich kannte er dieses Mädchen gar nicht, dennoch fühlte er sich ihr seltsam verbunden. Lag es an dem gemeinsamen Erleben, den paar Sekunden, in denen sie zum Opfer geworden war und er zum Täter? Stella brach das Schweigen. »Jetzt, wo du da bist, möchte ich etwas wissen.« Sie konnte sich kaum an den Unfall erinnern, und im Krankenhaus hatte ihr die Kraft gefehlt, ihn danach zu fragen. »Was ist genau passiert?« Collins hatte nicht gewusst, dass eine Stimme so verletzlich klingen konnte.

»Es goss in Strömen«, begann er, es stürmte sogar, und deshalb hatte er ausnahmsweise ein Taxi genommen. Fußgänger hetzten durch die Straßen, versuchten ein Taxi zu bekommen oder suchten hinter parkenden Autos Schutz, während der Verkehr an ihnen vorbeirauschte.

Stella starrte ihn an.

»Du wolltest noch schnell über die Straße«, sagte Collins. »Der Fahrer konnte nicht mehr bremsen.«

Zum ersten Mal schlug Stella die Augen nieder.

»Ich bin ausgestiegen. Dein Gesicht war voller Blut, ich nahm mein Taschentuch, sah aber im Dunkeln nicht richtig, wo die Wunde war. Ich wollte dein Gesicht sauber wischen. Bald standen jede Menge Leute um uns herum, wahrscheinlich hat einer den Rettungswagen gerufen. Zwei Sanitäter haben dich hochgehoben und mitgenommen, und ich habe gesagt, dass ich mitmüsse, weil ich an dem Unfall beteiligt gewesen sei. Die Polizei war noch nicht da, und ich hatte keinerlei Beweise. Das Taxi war weitergefahren. Den Fahrer würde ich heute nicht mehr wiedererkennen.«

Stella nickte. Er sah ihre Augen über seinen Körper wandern.

Im Wartezimmer hatte er in einem Höllentempo alle seine Zigaretten aufgeraucht. Niemand konnte ihm auch nur das Geringste über ihren Zustand sagen. Bei der Erinnerung daran holte er unwillkürlich eine Zigarette aus seiner Jacke und zündete sie an. Stella betrachtete ihn mit einer Ruhe, die vor allem den Abstand zwischen ihnen ausdrückte. »Ich wusste, dass man auf mich wartete, aber das war mir egal. Ich fühlte mich verantwortlich, obwohl ich nicht mal am Steuer gesessen habe. Absurd, oder?«

»Ja, absurd, du hattest nichts damit zu tun.«

Er nickte, obwohl er ihr nicht zustimmte. »Es muss gut eine Stunde gedauert haben, bis endlich eine Krankenschwester zu mir kam. Ob ich dich kurz sehen wolle. Ein Arzt stand an deinem Bett und fragte mich, ob ich dein Vater sei.« Collins lachte, um Stella zu zeigen, wie peinlich er diese Frage fand, ein ganz so alter Esel war er schließlich noch nicht. »Na ja, der Arzt sagte, dass es dir den Umständen entsprechend gut ging. Du hingst an Schläuchen und musstest schnell operiert werden, an deiner ganzen linken Seite hattest du Knochenbrüche, von der Schulter bis zur Hüfte und weiter nach unten.«

Bei dieser Bemerkung schien Stella zu schrumpfen, aber nur für den Bruchteil einer Sekunde. Sie nahm sich zusammen und nickte.

Nach dem kurzen Gespräch mit dem behandelnden Arzt hatte sich Collins gefragt, wen er über den Unfall informieren müsse. Aber er konnte nichts herausbekommen, selbst die Schwester, die Stellas Handtasche durchsucht hatte, war nicht fündig geworden. Sie ist doch noch so jung, hatte Collins gedacht, ich muss ihre Eltern benachrichtigen. Aber er wusste nicht, wie er sie finden sollte.

»Und ich war sicher, dass du einen Freund hast, so eine hübsche junge Frau ist doch nicht allein.«

Er drückte seine Zigarette aus und wich ihrem Blick aus, sah sich nervös in dem kleinen Apartment um, das eigentlich nur aus dem Wohnzimmer bestand, in dem sie saßen. Dahinter war eine Tür, die wohl zu einer Kammer führte, in der ihr Bett stand. Im Wohnzimmer gab es noch eine kleine Kochnische mit einer Spüle und zwei Herdplatten. Ob sie denn für sich kochen könne, wechselte er das Thema. Sie nickte und schien jetzt beinahe amüsiert. Weil sie nicht weiter darauf einging, sah sich Collins genötigt, mit seiner Geschichte fortzufahren.

Sie war noch am selben Abend in den OP gebracht worden, erzählte er. Inzwischen war auch ihr Kopf bandagiert, und Collins wusste jetzt, wo das Blut hergekommen war, von einer tiefen Wunde hinter ihrer Schläfe.

Stella fasste sich mit der flachen Hand an den Kopf und sagte, dass sie dort große Schmerzen habe, obwohl die Wunde gut verheilt sei. Wieder traf ihn die Zartheit ihrer Stimme. Nachdem er ein wenig zu lange auf ihre vollen Lippen gestarrt hatte, wandte er den Blick ab. Er hatte so chronologisch wie möglich erzählt, und es war ihm zu seiner Genugtuung gelungen, sich selbst eine Nebenrolle zu geben. Den Blick in die Ferne gerichtet, überlegte er, was er noch sagen konnte. Musste er Stella erzählen, wie er am Tag darauf einfach zur Arbeit gegangen war? Wie er danach nach Hause gekommen war, seine Frau geküsst hatte, seine Kinder umarmt? Wie wunderbar das Wetter an diesem Tag gewesen war, dass die Stadt strahlte, als ob am Abend zuvor nichts geschehen wäre?

»Ist es wegen der Narben?«, fragte sie.

Er blickte sie an. »Was?«

»Dass du mich kaum ansiehst.«

Seine Gedanken waren abgeschweift, weiter nichts, wie kam sie nur auf die Idee. Sie sei wunderschön, betonte er, während er auf ihren Mund sah.

Stella lächelte wie ein Schulmädchen, und seine Anspannung ließ nach. In der Hoffnung, noch ein wenig bleiben zu können, fragte er, ob sie vielleicht etwas trinken wolle. Sie sagte ihm, wo die Gläser waren, sie habe aber kaum etwas da, nur eine Flasche Saft. Die Nachbarin von unten, die auch ihre Vermieterin sei, kaufe für sie ein. Zum ersten Mal wurde ihre Stimme ein bisschen härter. Warum er sich selbst denn nichts zu trinken nehme, fragte sie empört. Collins goss ihr Saft ein und sagte, er wolle nichts, obwohl er vom Treppensteigen und dem vielen Reden durstig war. »Sonst muss ich dir wieder die Nachbarin hochschicken«, scherzte er.

»Ich habe großes Glück, sie ist sehr gut zu mir.«

Er könne Nachbarn nicht ausstehen, rutschte es ihm heraus. Jedes Mal, wenn früher der Nachbar klingelte, wurde er von seiner Mutter nach oben geschickt. Dann wurden die Schiebetüren mit den Bleiglasscheiben zugeschoben, und trotzdem dröhnte die Stimme des Nachbarn durchs ganze Haus, manchmal hörte er seinen eigenen Namen. »Aber er hat mich immer freundlich gegrüßt, wenn ich draußen gespielt habe«, sagte er. »Was das für einer ist, das habe ich nie verstanden.«

Stella nippte zwei Mal an ihrem Saft und bat Collins, das Glas wieder hinzustellen. Ihr helfen zu können tat ihm gut.

Ob er die ganze Zeit im Krankenhaus geblieben sei, fragte sie plötzlich. Es müsse doch Stunden gedauert haben, die Operation und das ganze Drum und Dran.

Er sah sie lange an, wagte jetzt nicht mehr, die Augen von ihr abzuwenden. Irgendwann war er tatsächlich gegangen, aber er hatte seine Daten hinterlassen, seinen Namen, die Telefonnummer, seine private Anschrift. Am nächsten Tag war er wiedergekommen. Aber erst nachmittags, weil er morgens einen Termin mit einem wichtigen Sammler hatte, was er der Schwester aber nicht gesagt hatte und auch Stella gegenüber verschwieg.

Eigentlich sollte er jetzt im Auktionshaus sein. Er war einfach gegangen. Lucie war erstaunt gewesen, er verließ das Büro nur selten ohne eine Erklärung. Er hatte um seinen Mantel und Hut gebeten und mitgeteilt, dass er erst am späten Nachmittag zurück sei. Lucie hatte ihn fragend angesehen. Er musste sie nicht um Erlaubnis bitten und verabschiedete sich von ihr. Den Mantel über dem Arm, Tasche und Hut in der Hand, verließ er das Auktionshaus.

Er wusste nicht, wie lange er schon bei Stella war, es war unhöflich, auf die Uhr zu sehen, aber Collins fühlte sich verpflichtet, noch kurz im Büro vorbeizuschauen. Ob er ihr nicht zu viel Zeit stehle, sie sei doch wahrscheinlich gerade am Lernen gewesen. Stella bewegte den Kopf hin und her, es war kein klares Nein, aber sie hatte es offenbar nicht eilig.

Andere hätten in ihrer Situation bestimmt das Handtuch geworfen, sagte Collins, es sei bewundernswert, dass sie nicht so schnell aufgebe. Sie habe immer etwas mit Journalismus machen wollen, schon von Kindesbeinen an, sagte sie, und sie glaube noch heute, dass es möglich sei, vom Schreiben zu leben. Sie habe nur ihre Zweifel wegen der Interviews, wann sie dazu wieder in der Lage wäre.

Nachdem sie ausführlich von ihren Eltern erzählt hatte, dass sie völlig auf ihre Genesung vertrauten, bat sie ihn zu gehen. Er wäre gern noch länger geblieben, aber er war auch erleichtert, dass sie nicht nach seinen Eltern gefragt hatte. Er hätte seine Standardgeschichte herbeten müssen, dass sie in Europa wohnten und er ganz allein nach Amerika gegangen war. Das fanden die Leute immer sehr interessant. Darüber wollten sie mehr hören. Ja, es war spannend, und ja, es war ihm schwergefallen, seine Familie zu verlassen. Vor allem seinen Vater hätte er gern öfter und länger gesprochen. Um ihm zu erzählen, was er alles an der Fakultät lernte, er wäre stolz auf ihn gewesen. Sie telefonierten zwar regelmäßig, aber Telefonieren war teuer und ihre Gespräche deshalb kurz. Sein Vater fragte jedes Mal, ob er genügend Geld habe und sich auch gut ernähre. Er hatte immer wie eine Mutter für ihn gesorgt.

»Ich muss jetzt weiter an meinem Artikel arbeiten«, sagte Stella. Collins schreckte auf und entschuldigte sich. Ihm wurde klar, dass er das, was er seiner Frau und auch seinen Kollegen über sich verschwieg, diesem Mädchen vielleicht erzählen würde.

Er stand auf und fragte, ob er noch etwas für sie tun könne. Sie schüttelte den Kopf und dankte ihm. Wenn sie es sich anders überlegte, solle sie ihn anrufen, er könne für sie einkaufen gehen. Sie war zwar jung, aber kein Kind mehr, das begriff er, als sie schwieg. Er sah, wie sie nachdachte, dann erhob sie sich mühsam. Er wollte sie noch so vieles fragen, noch so viel von ihr erfahren, aber es war eindeutig Zeit zu gehen.

»Ich meine es ernst, du kannst auf mich zählen.« Was für eine lächerliche Bemerkung, dachte er. Sie kannten sich ja kaum.

»Ich fühle mich nicht gern als Opfer.« Stella stützte sich auf einer Krücke ab und fuhr mit der anderen Hand über ihre Wange, als ob sie sich ihrer glänzenden Haut bewusst wäre. Die Bemerkung erschreckte ihn, dieses Gefühl hatte er ihr nicht vermitteln wollen.

»Wir können über Journalismus reden oder was auch immer, beim nächsten Mal.« Trottel, dachte er. Was für eine Peinlichkeit, so etwas vorzuschlagen, während man schon an der Tür steht.

Sie lächelte ihn freundlich an. »Ich fand es schön, dass du kurz vorbeigekommen bist.«

Warum sagte sie das? Wollte sie bloß höflich sein? In der kleinen Diele war es still. Sie war sichtlich erschöpft und konnte sich kaum noch aufrecht halten. Er nickte, setzte zögernd seinen Hut auf und fragte sie nach der Telefonnummer der Nachbarin von unten.

Collins wollte nicht gleich ein Taxi nehmen. Draußen, vor dem Haus, versuchte er, sich das eben

Erlebte zu vergegenwärtigen. Wie konnte ein geschwächter Körper nur so viel Kraft ausstrahlen? Er konnte ihr Mienenspiel nur schwer deuten. Sie hatte etwas Ungreifbares.

Wieder sah er ihren Mund unter der schmalen Nase vor sich, ihre Lippen, die wortlos auf das reagierten, was er erzählte. Warum hatte sie ihn nach dem Unfall gefragt? Wollte sie wirklich wissen, was passiert war, oder wollte sie ihn nur prüfen? Hatte sie womöglich vor, ihn zu verklagen?

Nein, das war abwegig. Sie hatte nichts gesagt, das darauf hingewiesen hätte. Sie hatte ihm auch keine persönlichen Fragen gestellt. Zum Glück. Aber wäre es denn so schlimm gewesen? Plötzlich zweifelte er an allem und begann in seinem Anzug zu schwitzen. Es war keine gute Idee gewesen, in der Sonne spazieren zu gehen.

Collins quälte ein unbestimmtes Gefühl, das er schon lange nicht mehr gehabt hatte. Er bog um die Ecke und versuchte, ein freies Taxi zu erwischen. Drei Fahrer fuhren, ohne anzuhalten, vorbei, ein vierter wurde langsamer. Wie bei jedem Taxi, in das er seit dem Unfall eingestiegen war, musterte er auch jetzt den Fahrer. Nachdem er Platz genommen hatte, holte er tief Luft.

Seine Frau hatte angerufen, um zu fragen, ob er denn auch rechtzeitig zur Tanzvorstellung ihrer Tochter käme, und Lucie überreichte ihm noch drei Zettel mit Anfragen, die sie nicht hatte bearbeiten können. Ständig kam sie mit diesen verdammten Zetteln an.

Er zog die Tür hinter sich zu und warf die Zettel auf seinen Schreibtisch. Mantel und Hut hängte er über den Stuhl und trat ans Fenster; von hier oben sah die Stadt ganz anders aus. Er konnte sein Büro nicht ausstehen, wusste aber, dass er sich nicht beklagen durfte. Der amerikanische Traum. Als junger Mann war er hergeschickt worden, um sich ein Leben aufzubauen. Er hörte seinen Vater noch sagen: »Du musst lernen, auf eigenen Beinen zu stehen.« Und wirklich, diese Beine standen heute hoch oben in einem Bürogebäude, in einem der wichtigsten Räume eines renommierten Auktionshauses. Sein Vater konnte stolz auf ihn sein.

Er öffnete die Tür und bat Lucie, seine Frau anzurufen und ihr zu sagen, dass er es nicht rechzeitig schaffen würde. Lucie schien etwas entgegnen zu wollen, nickte aber bloß.

Er hörte schon jetzt die Tirade seiner Frau, aber das war ihm im Moment einerlei.

Er trug den Mantel über dem Arm und betastete seine Stirn. Ob er Fieber hatte? Den ganzen Nachmittag war ihm merkwürdig heiß gewesen. Zu Hause angekommen, hängte er den Hut an die Garderobe und warf den Mantel einfach auf die Kommode im Flur, Blanca würde ihn schon aufhängen. Er hatte keine Lust, mit ihr zu reden, und ging weiter ins Wohnzimmer, um sich einen Whiskey einzuschenken. Er nahm das Glas mit ins Schlafzimmer, stellte es auf das Nachtschränkchen und ließ sich aufs Bett fallen – mein Gott, wie liebte er diese seltenen Momente, in denen seine Familie nicht zu Hause war.

Keine Viertelstunde später klopfte Blanca an die Schlafzimmertür. »Herein«, sagte er, drehte sich auf die Seite und sah sie an. Ihr Arbeitstag sei zu Ende, sie gehe jetzt. »Bis morgen«, gab er träge zurück und deutete ein halbes Winken an.

Collins schloss die Augen; er sah Stellas Brüste vor sich. Ihr langes Haar, die Lippen, die er nicht berühren durfte. Sie warf ihre Krücken auf den Boden, und er hörte Musik. Sie ging nicht, sie schwebte. Sie begann zu tanzen, ihr ganzer Körper bewegte sich, und er nahm sie fest in die Arme. Sie befahl ihm, zu warten, sie erst noch einen Augenblick anzusehen. Er konnte sein Verlangen nicht länger zügeln und umfasste mit beiden Händen ihre Taille. Er küsste sie und beschloss, sie nie mehr gehen zu lassen.

Die Kinder hüpften auf sein Bett. Sein Sohn zog ihn am Arm, während seine Tochter sich an ihn kuschelte. Er sah seine Schwestern vor sich, wie sie mit ihm auf dem Bett spielten, wie sie zu ihm krochen, ihm hunderttausend Küsschen auf Stirn und Bauch gaben und er sich krümmte vor Lachen, bis sein Vater hereinkam und sagte, sie sollten ihn in Ruhe lassen. Er wollte nie begreifen, dass sie bloß mit ihm spielen wollten. Collins fuhr sich mit der

Hand übers Gesicht; er küsste sein Töchterchen und fragte sie nach der Aufführung. Wo er denn gewesen sei, fragte sie. Wegen der vielen Arbeit wäre er zu spät losgekommen. »Aber nächstes Mal bin ich dabei.«

Collins zündete sich eine Zigarette an. Dem Sammler, der ihm gegenübersaß, bot er ebenfalls eine an, aber der Mann lehnte ab, er bevorzuge Zigarren. Auch die hatte Collins in Vorrat, in einer eleganten Schachtel, aber der Kunde lehnte freundlich ab. Sie besprachen verschiedene Kunstepochen. Der Kunde hielt ein flammendes Plädoyer für den Maler Fernando Botero, den er hier in der Stadt kennengelernt hatte. Ja, dachte Collins, dann ist man schnell begeistert. Es ärgerte ihn, dass der Sammler ihn von der Schönheit dieser Serie mit den sehr üppigen Frauen zu überzeugen suchte. Er trug ja schließlich keine Scheuklappen. »Jede Gestaltungsform verdient Respekt«, hörte er seinen Vater sagen.

Er sehe die Serie durchaus positiv, versicherte Collins dem Kunden. Er vermied eine Diskussion über das Verhältnis von Gesäß und Brüsten bei Boteros Frauenfiguren, die er bereits mit Kollegen geführt hatte. Collins wusste, was er zu tun hatte, er kannte die Umsatzvorgaben, vielleicht ließ sich hier etwas holen. Er sollte zuschlagen, sich auf seine Arbeit konzentrieren, aber das fiel ihm heute schwer. Sein Besuch bei Stella lag schon zwei

Wochen zurück, und noch immer schweiften seine Gedanken ständig ab. Warum nur ging sie ihm nicht aus dem Kopf?

Er zählte die Tage. Sie zu schnell wieder anzurufen wäre aufdringlich. Er musste und würde sich mit ihr treffen, obwohl er wusste, dass es vernünftiger wäre, sie nie wiederzusehen.

Der Sammler, um einiges älter als Collins, sagte, es sei ein Vergnügen, sich mit ihm über die Impressionisten zu unterhalten, und gratulierte ihm zu seinem breiten Wissen. Collins lächelte, er fand es nur natürlich, sich mit den Künstlern zu beschäftigen, die man bewunderte. Zu dieser Einstellung war er erzogen worden: Er habe seinen eigenen Vater viel über Kunst reden hören, erzählte er. »Mein Vater konnte stundenlang von Jacob Maris oder Breitner erzählen. Ich sehe die Bilder vor mir, als würden sie hier an der Wand hängen.«

Ob er Werke dieser Maler einmal hier bei Auktionen gesehen habe, fragte der Mann interessiert.

Collins schüttelte den Kopf. Einige niederländische Maler, Maris oder Israëls zum Beispiel, liefen gut auf dem heimischen Markt, aber sie schafften es nur selten in amerikanische Auktionshäuser.

Der Sammler begann begeistert von seinen eigenen Vorlieben und Favoriten zu erzählen. Collins nickte ab und zu zustimmend und dachte an sein Elternhaus, die vielen Bilder an den Wänden. Sein Vater war eigentlich in allem, was er tat, voller Leidenschaft. Collins sah ihn vor sich, im Sessel neben dem Teetisch mit dem blauweißen Geschirr, wie er sich umschaute und ab und zu auf etwas deutete. Dann erzählte er von den Israëls, die er bei van Wisselingh gekauft hatte, oder von anderen Gemälden, immer wieder die gleichen Geschichten. So lernte Collins jedes Bild im Haus kennen, bis auf eine Ausnahme. Damals waren die Bilder noch nicht teuer gewesen. Obwohl aus den Worten seines Vaters aufrichtige Bewunderung für die Künstler sprach, war sein Ton immer streng gewesen.

Vielleicht hatte das gar nicht so sehr mit der Kunst zu tun, dachte Collins. Mit derselben Strenge hatte ihn sein Vater auch in die Staaten geschickt. Er sei dort an der richtigen Adresse und würde sich weiterentwickeln. Die Amerikaner, die einst gekommen waren, um Europa zu befreien, würden auch seinem Sohn die Freiheit geben, die er brauchte. Collins hielt nicht besonders viel von dieser Argumentation, aber er nahm die Herausforderung an.

Auch heute wieder musste Collins auf dem Heimweg daran denken, wie er als Kind oft ungeduldig darauf gewartet hatte, dass die ganze Familie sich zum Essen versammelte. Machte er jetzt denselben Fehler wie sein Vater? Collins wollte nichts lieber, als bei seinen Kleinen sein, und er verstand selbst nicht, warum er sich manchmal von ihnen fernhielt. Vielleicht lag es an Ellen, aber stimmte das wirklich? Erst hatte er sie begehrt, sie war ihm das Liebste auf der Welt gewesen, seine Eltje, sie hatten zusammen von der Zukunft geträumt. Heute konnte er sich das nicht mehr vorstellen. Hatte sie sich so sehr verändert? Oder lag es an ihm? Wenn sie sich zurechtmachte, um abends auszugehen, sah er wieder ihre Schönheit, das dichte rotblonde Haar, die langen, schmalen Finger, über die sie elegant ihre Handschuhe zog – das liebte er noch immer. Aber in ihren Gesprächen stießen sie auf Hindernisse. Dass Ellen nicht länger versuchte, zu ihm durchzudringen, war auch seine Schuld. Glich er in dieser Hinsicht seinem Vater? Hatte sein Vater sich genauso zurückgezogen? Als kleines Kind war es ihm nicht aufgefallen, aber später sah er, dass seine Eltern kaum noch miteinander sprachen. Sie zankten sich nicht einmal mehr wie früher, wenn der Nachbar Collins' Namen rief und er weggeschickt wurde.

Collins hatte nur Fetzen von Erinnerungen. Seine Mutter verhielt sich immer gleich, sie sorgte sich um ihre Kinder, und sie versorgte sie. Aber irgendwas war mit diesem Nachbarn. Vielleicht stellte er ihr nach? Regelmäßig brachte er seinen Vater zur Weißglut. Collins wusste noch, wie sein Vater ihn früher angesehen hatte – mit einem gewissen Stolz, als würde Collins immer alles richtig machen. Das gab ihm Selbstvertrauen, und manchmal hatte er den Eindruck, dass sein Vater ihn den Schwestern vorzog. Oder bildete er sich das nur ein? Nein, seine Schwestern hatten auch so etwas gesagt. Vielleicht waren sie einander deshalb fremd geworden? Die beiden hatten sich darüber beklagt, dass die Erträge aus dem Verkauf der Bilder bloß ihm zugutekämen, wie ungerecht das sei. Es stimmte ja: Sein Vater hatte die Bilder verkauft, damit Collins Kunstgeschichte studieren konnte.

Er bog in eine Seitenstraße und fragte sich, warum sein Vater den Mädchen kein Studium ermöglicht hatte. Seine Mutter beschäftigte sich mehr mit ihnen, er sah sie vor sich, immer ein Liedchen auf den Lippen, wie sie den beiden geduldig die Haare kämmte.

Es waren Bilder, die nur noch in seiner Erinnerung existierten. In seinen Erzählungen gab es keinen Nachbarn, keinen Streit; es gab einen Krieg, von dem er nicht viel wusste, es gab liebevolle Eltern und natürlich die lieben Schwestern, obwohl er in den letzten Jahren kaum noch Kontakt zu ihnen gehabt hatte.

Die ältere Schwester hatte ihm vorgeworfen, er sei der Liebling des Vaters gewesen – als ob man ein Kind dafür verantwortlich machen könnte. Ihre Mutter, die habe das immer gespürt und ihm deshalb weniger Aufmerksamkeit geschenkt. Sein Vater hatte gut daran getan, ihn ins Ausland zu schicken. Es war ein Befehl gewesen. Und ein Versprechen. Schon als Kind zog Collins nur seinen Vater ins Vertrauen und erzählte ihm abends im Bett, dass die anderen Kinder in der Schule gemeine Lieder auf seinen Nachnamen sangen. Dann streichelte ihm sein Vater beruhigend über den Kopf. Bald werde ihn niemand mehr ärgern.

Wenn er mit der Schule fertig wäre, versprach er, würde das alles vorbei sein. Und eines Tages war es dann so weit. »Du gehst zum Studium nach Amerika.« Denselben Ton hörte Collins manchmal noch am Telefon, eine schmerzliche Mischung aus Sehnsucht und Stolz. Regelmäßig fragte sein Vater besorgt, ob er sich etwa politisch engagiere, und jedes Mal gab Collins zurück, dass er sich nicht für Politik interessiere. Dann sprachen sie nicht mehr über die Welt, sondern über die Kunst. Nach seiner Mutter erkundigte sich Collins nur selten.

Seit dem Tag, an dem Ellen sein erstes Kind zur Welt gebracht hatte, begann seine Bindung zu Europa brüchig zu werden. Er liebte sein neues Leben, und der amerikanische Pass seiner Tochter gab ihm ein Gefühl der Befreiung. Am Tag ihrer Geburt liebte Collins seine Frau mehr als je zuvor. Sie hatte an ihn geglaubt, ihm geholfen, sich hier eine Existenz aufzubauen. Mit ihrer Unterstützung konnte er sich seiner ersten Stelle im Auktionshaus mit ganzer Kraft widmen. Er schwieg über die Zeit in den Niederlanden, über seinen Vater; niemand brauchte zu wissen, dass er schon während des Kriegs mit Kunst zu tun hatte. Es tat Collins gut, dass er nicht mehr mit seiner Herkunft konfrontiert wurde: Alles war frisch und neu, Amerika erfüllte alle Erwartungen.

Zu Hause angekommen, begrüßte er Blanca, reichte ihr Hut und Mantel und ging weiter ins Wohnzimmer, wo Ellen und die Kinder bereits beim Essen saßen. »Du bist zu spät«, murrte Ellen, und er küsste sie auf den Scheitel. Er war nicht zu spät. Er hatte schon vor langer Zeit beschlossen, ihre Vorwürfe ins Positive zu wenden: Sie fand es also schön, dass er zu Hause war. Er wusch sich die Hände an dem kleinen Waschbecken neben der Toilette, wo die Seifenstückchen nach Farben aufgereiht waren, abgestimmt auf die Gästetücher – arme Blanca, die all die Marotten seiner Frau bedenken musste. Dann setzte er sich zu ihnen und fragte seine Tochter, wie es in der Schule gewesen war. Er hörte aufmerksam zu und genoss die unzusammenhängenden Geschichten. »Und wie war dein Tag?«, fragte er Ellen, die unzufrieden aussah. Beim Friseur hatte es zu lange gedauert, und deshalb war sie zu spät zu ihrer Verabredung mit Sheila bei Saks an der Fifth Avenue gekommen.

Sheila, die konnte ihm gefährlich werden, ihr Mann arbeitete im selben Auktionshaus wie Collins. Doch vorläufig gab es nichts zu verbergen, er traute sich ja nicht einmal, Stella anzurufen. Ellen redete immer weiter über ihre Lieblingsmarken bei Saks, während Collins an das Mädchen dachte in dem winzig kleinen Apartment in Brooklyn.

Während er ein Stück Hühnerfleisch abbiss und seinen Kindern zuhörte, begriff er, wie viel ihm Stella bedeutete. Möglichkeiten zum Seitensprung hatte es schon viele gegeben, und weil sie da gewesen waren, hatte er sie auch genutzt, aber es hatte ihn nie aus dem Gleichgewicht gebracht.

Drei, vier Mal war das vorgekommen, er konnte sich nicht einmal mehr an die Namen der Hotels erinnern. Ellen hatte nicht darunter leiden müssen, sie war viel zu sehr mit sich und ihren Tätigkeiten beschäftigt. Anscheinend reichte ihr die Zeit, die sie miteinander verbrachten. Vor festen Beziehungen hütete er sich, eine Frau war mehr als genug – wenn es vorbei war, brach er jeden Kontakt ab. Das hier war eindeutig etwas anderes.

Collins nagte noch immer an dem Hähnchenschlegel, an dem nichts mehr zu nagen war. Sein Sohn stach seiner Schwester mit der Gabel in die Hand. »Hör sofort auf damit!«, rief Collins. »Sonst stehst du auf und kriegst nichts mehr zu essen, verstanden?«

Sein Sohn nickte eingeschüchtert.

»Nun sei doch nicht so«, beschwichtigte ihn Ellen, die wie immer nicht begriff, was ihn störte. Sie hatte ja keine Ahnung, wie Collins und seine Schwestern nach dem Krieg schikaniert worden waren. Wie oft hatte er sein Rad nach Hause schieben müssen, ein zerstochener Reifen am späten Nachmittag nach der Schule war nichts Ungewöhnliches. Oder eine Schultasche voller Matsch. Irgendwann wunderte er sich nicht mehr darüber. Seine Eltern hatten auch nie eine Erklärung dafür. Dass es ungerecht war, sagte seine Mutter immer. »Papa hat sich nur mit Kunst beschäftigt.« Sein Vater pflichtete ihr bei und fügte hinzu: »Kunst befreit uns von der Wirklichkeit.« Und dann wandte er sich der Zukunft zu, er sah lieber nach vorn. Immer häufiger versprach er seinem Sohn, dass ihn bald niemand mehr ärgern werde.

Es wurde ruhig am Tisch, und alle aßen still weiter. Collins bat um mehr Sauce. Er wollte bei Stella sein. Lächerlich. Ihn fröstelte, als ob es ihn vor sich selbst schaudere.

Kein Brooklyn während der Mittagspause; er hatte sich vorgenommen, mehr Zeit mit Ellen zu verbringen. Ob er Stella wohl kurz anrufen konnte? Um zu fragen, wie es ihr gehe, ob sie Fortschritte mache, ob sie zum Lernen komme. Nein, das waren dumme Fragen. Was sollte sie schon mit einem alten Kerl wie ihm anfangen?

Er fühlte sich klein, trotz seiner stattlichen eins neunzig. Es gab solche Tage, an denen er schon morgens mit diesem Gefühl aufwachte, das ihn dann nicht wieder loslassen wollte, Tage, an denen er sich einfach nicht leiden konnte, ohne zu wissen, warum.

Ob es auch Tage gab, an denen er sich größer fühlte, als er eigentlich war, überlegte er auf dem Weg zum Auktionshaus. Gegen Mittag sagte er Lucie, dass er zum Essen außer Haus sei.

Er sah die Neugierde in ihren Augen. Einen Moment ließ er Lucie im Ungewissen, dann sagte er, dass er mit seiner Frau verabredet sei, nichts Besonderes also.

Collins drückte den Liftknopf, um nach unten zu

sausen, zu der Frau, die ihn nicht glücklich machte, aber das war nicht die Schuld dieser Frau.

Er erzählte Ellen von seinem Morgen, von einem wunderbaren Renoir, den sie gerade hereinbekommen hatten. Er hatte ihn mit ein paar Kollegen lange betrachtet. Das Mädchen auf der Leinwand kämmt ihr langes, prächtiges Haar, den Blick in die Ferne gerichtet. Das Bild strahlt eine gewisse Trägheit aus, man spürt beinahe die langsamen Bürstenstriche. Dass Collins bei dem langen Haar an seine Schwestern denken musste, behielt er für sich. Ellen hörte ihm aufmerksam zu und sagte, wie schön sie es finde, ihn mittags wenigstens kurz zu sehen. Das hatte er hören wollen. Was genau sie daran schön fand, interessierte ihn nicht weiter. Nach einer Dreiviertelstunde musste er zurück zur Arbeit, er gab ihr einen Kuss auf die Wange und zündete sich eine Zigarette an.

Weil inzwischen sechs Wochen vergangen waren, reagierte Stella erstaunt. Als müsste sie erst überlegen, welches Gesicht zu diesem Namen gehörte. Aber ihr Ton war freundlich, und sie beantwortete alle seine Fragen. Ja, es ging ihr gut, und ja, sie machte ziemliche Fortschritte. Danach kam das Gespräch zum Erliegen. Er würde sie gern wieder einmal besuchen, könne auch für sie einkaufen gehen. Stella lachte, dafür sei doch gesorgt. »Aber wenn du in der Nähe bist, kannst du immer vorbeikommen und kurz guten Tag sagen.«

Collins stützte sich mit dem Ellbogen auf den Tisch. »Das werde ich tun«, versprach er. Er war enttäuscht: Er hatte so viele Wochen verstreichen lassen, jetzt wollte er ein konkretes Datum hören. Er erfand eine Verabredung in Brooklyn. Ob ihr übermorgen passe. Er fühlte sich wie ein Schuljunge, der zum ersten Mal ein Mädchen anspricht. Kühl antwortete sie, ja, das sei ihr recht, sie müsse arbeiten und sei dann zu Hause.

Nervös lief er durch sein Büro. Er sehnte sich nach einer Zigarette.

Er trug zwar einen teuren Anzug, fühlte sich aber trotzdem wie ein ausgewrungener alter Waschlappen. Ihr Gang war ein bisschen sicherer, auch wenn sie immer noch auf eine Krücke angewiesen war. Er sagte, dass sie gut aussehe. Diesmal trug sie einen Rollkragenpullover, ob das Absicht war? Collins sah, wie sich der Stoff um ihren Busen spannte. Er suchte nach den Worten, die er auf dem Weg unablässig vor sich hin gesagt hatte, aber sie waren wie weggeblasen. Er wagte nicht, sich ihr zu nähern, küsste sie nicht einmal zur Begrüßung auf die Wange. Er ärgerte sich über seine Unruhe, während sie so gelassen wirkte. Sie trug ihr Schicksal und ließ sich nicht von ihren Zielen abbringen. Stolz verkündete Stella, dass sie selbst Tee machen könne, ob er vielleicht eine Tasse wolle?

»Nein danke, gern ein Glas Wasser.«

Sie fragte, ob er seinen Termin in der Gegend

schon hinter sich habe oder noch hinmüsse – natürlich hatte er den Termin schon hinter sich.

Jetzt fühlte er sich ein bisschen wohler. Er setzte sich neben sie auf die Couch und fragte nach ihrem Studium. Dann sah er, wie sich ihr Mund bewegte, aber die Worte drangen nicht mehr zu ihm durch.

Sein Glas war ausgetrunken, und er hörte, wie er über sich sprach. Er wusste nicht, wann er zum letzten Mal von früher erzählt hatte, und merkte, dass seine Handflächen feucht wurden. Stella hatte ihre harmonische Kindheit in wenigen Sätzen zusammengefasst, ohne Brüder und Schwestern hatte sie sich immer wie eine Prinzessin gefühlt. Sie fuhr sich mit den Händen durch das lange Haar. Wie es ihn hierher verschlagen habe, nach Amerika? Er wollte mehr Wasser trinken. Ob er seine Familie vermisse. Er zuckte mit den Schultern. Zum ersten Mal seit seiner Ankunft in Amerika hatte er nicht das Bedürfnis, seine Vergangenheit zurechtzubiegen.

Er habe seinen Eltern viel zu verdanken, sagte er, wenn nicht gar alles. Er müsse auch der Kunst dankbar sein: Nach dem Krieg hatten seine Eltern ihre Gemälde verkauft, das Geld beiseitegelegt und damit später seine Überfahrt und das Studium bezahlt. Die Sammlung war klein gewesen, aber sein Vater hatte sie mit viel Liebe zusammengetragen. »Vier, fünf Bilder, aber offenbar waren sie einiges wert. So preiswert sind die Unis hier ja nicht.« Collins erzählte, wie sehr sein Vater die Kunst geliebt hatte, wie ausführlich er von Bildern erzählen konnte, die er nur kurz gesehen hatte, etwas, das er schon immer an ihm bewundert hatte.

Über den Krieg hatte Stella einiges gelesen, aber sie kannte niemanden, der ihn miterlebt hatte. »›Miterlebt‹ ist ein zu großes Wort«, korrigierte er sie. Im Krieg war er noch ein Kind gewesen.

»Und diese schrecklichen Geschichten über den Mord an den Juden, was weißt du darüber?«, fragte sie ohne Scheu, als ob sie ein Referat vorbereiten würde.

»Da, wo ich aufgewachsen bin, in einem Vorort von Amsterdam, gab es keine Juden.« Unwillkürlich senkte Collins seine Stimme. »Das spielte sich mehr in der Großstadt ab, und da waren wir nie.« Seine Eltern redeten nur selten über den Krieg, obwohl er sicherlich Auslöser vieler Auseinandersetzungen zwischen ihnen war. Er sah seine Mutter vor sich, mit ihrem langen blonden Zopf, der tagaus, tagein immer gleich auf ihrem Rücken hing. »Ich war noch ein Kind«, wiederholte er.

Über seinen Vater erzählte er nichts, und ihm wurde bewusst, dass er dessen genaue Funktion eigentlich nie recht verstanden hatte. Die Schikanen hatten damit zu tun, das hatten ihm seine Schwestern oft genug gesagt, aber sein Vater war immer sein Vater geblieben. Und Collins tat er sogar leid; nachdem der Krieg vorbei war, wurde er immer häufiger von Alpträumen geplagt. Aber er war kein

Verräter, das wusste Collins. Denn Verräter wurden verhaftet, hatte seine Mutter nach dem Krieg oft gesagt. Collins hatte ein klares Bild von seinem Vater vor Augen, wie er an dem großen Esstisch mit Stapeln von Papieren saß, als würde er Rechnungen zusammenstellen, aber sobald Collins sich ihm näherte, sah er, dass es Listen waren, Aufstellungen, ganze Blätter voll, die sein Vater sofort umdrehte, wenn er Collins bemerkte. Collins dachte lieber nicht daran zurück. Plötzlich war Amerika da, eine jüdische Frau und ein neuer Anfang.

»Eigentlich habe ich erst hier Juden kennengelernt«, setzte er hinzu. »Ich bin christlich erzogen, aber es sagt mir nichts.« Stella kam aus einem atheistischen Elternhaus. Wenn es überhaupt eine Religion gab, dann war es die Musik, sagte sie.

Ob sie wusste, wie begehrenswert sie war? Collins konnte den Blick nicht von ihr abwenden, was sie gar nicht zu bemerken schien.

Sie fragte, ob er seine Muttersprache noch oft spreche. Er schüttelte den Kopf und wandte sich allgemeineren Phänomenen zu, den Unterschieden zwischen Menschen, die sich in ihrer Muttersprache ausdrücken konnten, und solchen, die keine Gelegenheit dazu hatten. Sie fanden immer wieder neue Themen, als ob sie von einem Tanz zum nächsten wechselten, die Vergangenheit und die Zukunft waren weit weg. Stella meinte, in einer Beziehung würden verschiedene Muttersprachen eine Einschränkung bedeuten, weil dann eine tiefere Bedeutungsebene fehle. Ob er denn wirklich so oberflächlich wirke. Sie lachten, bis Collins' Blick auf die Wanduhr fiel.

Nur ungern stand er auf. Auch Stella erhob sich mühsam von der Couch, ihrem Gesicht waren die Schmerzen anzusehen. Sie blieben lange vor der Tür zum Gang stehen, er küsste sie langsam auf die Wange. Sie lachte und warf ihr offenes Haar nach hinten.

Collins eilte auf die Straße, er ging schneller als sonst. Durch seinen Kopf, seinen Körper jagte nur ein Gedanke. *Lass es bleiben.* Eine Frau zu lieben war noch ein überschaubares Risiko, aber diese Gespräche waren gefährlich, er konnte sich nicht mehr verstecken. Davor hatte er schon immer Angst gehabt. Er hätte nicht zurückkommen dürfen, und doch war da dieses Glücksgefühl, das ihn ganz erfüllte. Er hatte sie nicht einmal berührt. Ja, der Kuss zum Abschied. Er musste vernünftig sein, er durfte sein Leben nicht auf den Kopf stellen. Sich in diese Frau zu verlieben war allzu leicht, er war sicher nicht der Erste und auch nicht der Letzte, der sich dagegen wehrte. Und dennoch gab es ein Gefühl, auf das er nicht verzichten mochte. Collins schimpfte leise vor sich hin.

Lucie sprang mit einer Liste der verpassten Anrufe vom Schreibtisch auf, aber Collins hörte kaum zu. Sie könne heute früher Schluss machen. Lucie dankte ihm und ging.

Er schenkte sich ein Glas Whiskey ein und setzte sich an seinen Schreibtisch, auf dem verschiedene Fotos für den nächsten Katalog lagen. Lucie hatte einen Zettel daraufgeklebt, mit der Bitte um Durchsicht, aber ihm stand der Kopf nicht nach Arbeit. Nachdem Lucie fort war, konnte er ungeniert die Füße auf den Schreibtisch legen. Plötzlich überfiel ihn die Angst. Wenn er sich gegen Stella wehren würde, wäre er sie los.

Warum hatte sie nach dem Krieg gefragt? Ungebeten kamen die Gedanken an seinen Vater wieder hoch, an seine politischen Ansichten. So schlimm kann es nicht gewesen sein, seine Mutter hatte recht, er hatte nur eine Geldstrafe bekommen, war nicht verurteilt worden. Die Partei hatte seinen Vater »nur Geld gekostet«, wie seine Mutter sich ausdrückte. Aber warum dann all die Spottlieder und Schikanen? Warum durften wir auf dem großen Hof nicht mitspielen? »Spiel mit deinen eigenen Leuten«, hörte Collins wieder einen Jungen aus seiner Straße rufen. Warum wurde Papa nie wütend, wenn sie zu Hause davon erzählten? Er schien sich damit abgefunden zu haben. Aber was hatte er denn getan? Er war mit Papieren in der Aktentasche zu Sitzungen gegangen und mit Papieren wieder nach Hause gekommen. Und er hatte sich mit Kunst beschäftigt, weil es seine Leidenschaft war, das hatte er immer gesagt.

Collins machte sich auf den Heimweg. Er fühlte Panik in sich aufsteigen. Was, wenn jemand auf die Idee käme, Recherchen über seine Vergangenheit anzustellen? Über die Zeit, bevor Collins in die Staaten gekommen war, um Kunstgeschichte zu studieren? Draußen schlug ihm der Wind entgegen, er musste seinen Hut auf dem Kopf festhalten. Und Ellen, wie würde sie reagieren? Es war nur gut, dass sie schon lange nicht mehr nachfragte. Collins ging an Geschäften und Schaufenstern vorbei, die ihm unbekannt vorkamen, Menschen grüßten ihn, ohne dass er sie einordnen konnte, er lächelte zurück. Collins war durcheinander, er hatte nie mehr an diese Papiere gedacht, er fühlte, wie seine Beklommenheit zunahm, aber vielleicht vernebelten ihm die Abgase die Sinne. Er hielt sich dicht an den Gebäuden, ging unter unbekannten Markisen durch, über ausgebreitete Läufer, die nicht für ihn bestimmt waren. Wie damals in der Schule fühlte sich Collins plötzlich nirgendwo mehr sicher. Er beschleunigte seine Schritte. Er war auf dem Weg zu seinen Kindern, nur das zählte noch. Aber vielleicht hatte sein Vater genauso gedacht.

Er durfte nie mehr nach Brooklyn gehen, das wusste er, während er seinen Hut festhielt. Es war ein Kampf gegen starken Gegenwind.

Er küsste Ellen auf den Mund. Sie fragte, wie sein Tag gewesen sei. Er antwortete kurz und streichelte den Kindern die Wange. Sie hatten wieder gestritten, sein Sohn hatte Jessicas Puppe die Haare ausgerissen. Ob das wahr sei, fragte er. Ellen nickte. Collins schickte Harry auf sein Zimmer. »Sie sind doch noch Kinder«, versuchte Ellen zu intervenieren, aber Collins war unnachgiebig. Er wusch sich die Hände und holte tief Luft. Beim Händetrocknen sah er Stella vor sich, wie sie ihre Haare nach hinten warf. Er wollte sie berühren. Seine Tochter bat ihn, sich neben sie zu setzen. Er saß noch nicht, da flüsterte sie ihm zu, dass sie doch denke, dass Gott ein Mädchen sei.

Lucie drängte, es klang wichtig. Sie stellte den Anrufer zu ihm durch. Wusste Stella, wo er arbeitete? Zu seiner Verblüffung hörte er Blancas Stimme.

»Ist alles in Ordnung mit den Kindern?«

»Ja«, antwortete sie. Der Anruf war nicht von der Schule gekommen.

»Es war für Sie.« Sie sagte ihm die Nummer, es war eine sehr lange Nummer.

»Die Frau hat nichts weiter gesagt, nicht mal ihren Namen.«

»Ist in Ordnung.« Er dankte ihr und legte auf.

Es war eine niederländische Nummer, aber nicht die seiner Eltern. Eine Frau – vielleicht eine seiner Schwestern. Er kannte nicht einmal ihre Telefonnummern. Er nahm die Füße vom Schreibtisch und setzte sich aufrecht hin. In Europa ist noch früher Morgen, dachte er.

Er erkannte die Stimme seiner ältesten Schwester

sofort. Sie sprach wirr, halbe Sätze, alles durcheinander, er wurde nicht klug daraus. Allmählich verstand er, dass es einen Unfall gegeben hatte.

»Ruhig, Sooph«, sagte er und war selbst überrascht, dass er sie nach all der Zeit noch immer so nannte. Aber sie beruhigte sich nicht.

»Mama«, wiederholte sie schluchzend. »Sie haben es nicht überlebt.«

Er sprang auf, setzte sich wieder hin. »Du bist durcheinander.«

Sie wurde wütend. »Ich rufe dich an, um dir zu erzählen, was passiert ist, du Idiot.«

Collins schluckte. Wo es passiert sei, fragte er.

»In der Nähe, ganz in der Nähe. Gestern Abend.«

»Sind sie selbst gefahren?«

»Nein, sie waren zu Fuß unterwegs, man hat sie angefahren, aus dem Nichts.«

»Mein Gott!« Er konnte nicht weitersprechen. Sophie sagte, dass das Begräbnis in zwei Tagen stattfinden werde.

Er versprach, sofort in die Niederlande zu kommen.

»Schön«, sagte Sophie, und es klang ehrlich.

Er musste an die Luft.

»Bin gleich zurück«, war alles, was er zu Lucie sagte. Im Lift nach unten fühlte er eine grässliche Übelkeit aufkommen. Er eilte aus dem Gebäude und bemühte sich, seine Gedanken zu ordnen, sein Magen beruhigte sich nicht. Sophie hatte sich nicht verändert, sie war immer noch nicht in der

Lage, einen Sachverhalt geordnet wiederzugeben. Er wusste wieder, warum er nie mit ihr telefonierte. Collins setzte sich auf die Stufen vor dem Gebäude. Ob es ihm gut gehe, fragte der Portier.

»Prima«, antwortete Collins und starrte weiter vor sich hin.

Dreimal ging sein Anruf bei Stella ins Leere. Er wollte so schnell wie möglich nach Hause, um alle nötigen Schritte zu unternehmen, aber von dort konnte er nicht mit ihr telefonieren. Die Nachbarin ist wahrscheinlich gerade beim Einkaufen, dachte er. Ärgerlich wählte er erneut. Reiß dich zusammen, ermahnte er sich.

Die Kinder saßen zusammen in der Badewanne, das liebten sie. Als Ellen die Nachricht hörte, schlug sie eine Hand vor den Mund. Collins fand, dass sie übertrieben reagierte, wie immer. Er werde den erstmöglichen Flug nehmen. Ellen nickte.

»Was für eine Tragödie«, seufzte sie, obwohl sie seine Eltern nie kennengelernt hatte. Eigentlich war es gut, dass er so weit entfernt von seiner Familie lebte, aber in diesem Augenblick schmerzte es ihn sehr.

Noch bevor er entschieden hatte, was er den Kindern erzählen würde, hatte Ellen ihnen gesagt, dass der Papa wegen seiner Arbeit verreisen müsse. Ihm fehlte die Kraft, sich dagegen zu wehren, mehr zu erklären. Obwohl seine Kinder ihre holländischen Großeltern nicht kannten, fand er Ellens

Erklärung unpassend. Aber er beließ es dabei und legte drei Hemden und einen Pullover in seinen kleinen Koffer. Er holte Unterwäsche, Socken und einen Gürtel aus der Schublade. Seinen Anzug ließ er bis kurz vor der Abfahrt hängen. Auf dem Weg ins Badezimmer zwickte etwas in seinem Magen. Stella wusste nicht, dass er wegfuhr.

Kalter Schweiß bedeckte seinen Körper. Der Pullover nutzte nichts. An Essen war nicht zu denken. Er fühlte sich so, als müsste er sich jeden Augenblick übergeben.

Seine Schwestern kümmerten sich nicht weiter um ihn, er musste selbst zusehen, wie er nach Haarlem kam, es fuhren viele Züge. Er nahm es hin und wartete darauf, dass er endlich Stella anrufen konnte. Unter der heißen Dusche wurde ihm schwindlig, alles war wie von Nebelschwaden verschleiert. Appetit oder nicht, er musste jetzt etwas essen.

Es dauerte fast eine Stunde, bis der Zimmerservice die Suppe mit Brot brachte. Drüben ist jetzt Morgen, dachte er, als er das Tablett entgegennahm. Sein Magen konnte etwas Warmes gut gebrauchen. Er wählte ihre Nummer. Die Nachbarin von unten nahm ab. Sie bat ihn, eine Minute zu warten. Wenn die wüsste, was das kostet. Er hätte auch mehrere Stunden gewartet.

»Hallo?«

Ihm fiel das Stück Brot aus der Hand. »Mit wem

spreche ich?«, fragte sie, als er noch immer nichts gesagt hatte.

Seine Stimme klang bedrückt, als er seinen Namen nannte und zu sagen versuchte, wo er war. Und warum. Stella erschrak. »Ein Unfall?« Collins wollte alles Mögliche sagen und fragen, aber seine Stimme war wie eingesperrt in seiner Kehle.

»Bist du noch da?«

Mit Mühe stammelte er ein »Ja«.

»Alles in Ordnung bei dir? Hattest du denn eine gute Reise, Collins?«

Collins schwieg und wischte sich mit dem Hemdsärmel über die Augen. Warum gerade jetzt? Warum brach er jetzt zusammen? Er versuchte, sich zusammenzunehmen. Sie wiederholte seinen Namen. Nach ein paar Sekunden begann er sich zu entschuldigen.

»Lass das«, sagte sie, »ist schon in Ordnung.«

»Es tut mir leid«, sagte Collins noch einmal. Beschämt ließ er den Kopf in seine Hand sinken. »Ich hatte kaum Kontakt zu ihnen, nur manchmal habe ich mit meinem Vater gesprochen.«

»Das ist egal, sie bleiben doch immer deine Eltern.« Trotz der großen Entfernung gelang es ihr, ihn zu trösten. Es war, als würde sie ihn im Arm halten. »Bitte, warte auf mich«, sagte er. Er hörte, wie sie ein Lachen unterdrückte. Ob er zu ihr kommen könne, sobald er zurück sei, fragte er. »Natürlich«, sagte sie. Er würde verstehen, wenn sie dafür keine Geduld aufbrächte, wenn sie nicht mit noch einem Unfall konfrontiert sein wollte. Sie verabschiedeten sich, obwohl er nicht auflegen mochte. Es fühlte sich an, als wäre sie schon immer bei ihm gewesen.

Er stand auf und musterte sein Gesicht. Eine Schande, sich so gehen zu lassen. Aber es war nicht zu ändern, mit ihr konnte er reden. Und schweigen. Bei ihr durfte er versagen. Verrückt, dachte Collins, ein Mädchen, dem du eben erst begegnet bist. Er würde sie am nächsten Tag wieder anrufen, wenn alles vorbei war. Er aß seine lauwarme Suppe und hielt das Stück Brot in der Hand.

Dann legte er sich ins Bett und stellte den Wecker. Er durfte am nächsten Tag nicht verschlafen.

Er hielt den Wecker noch in den Händen, als er einschlief.

Man hatte seine Eltern nach dem Unfall in ein Krankenhaus gebracht, und dort lagen sie jetzt in der Kühlkammer. Der Leichenzug sollte von dort aufbrechen. Dennoch bat Collins den Taxifahrer, vom Bahnhof aus zuerst noch kurz bei seinem Elternhaus vorbeizufahren.

Er stieg aus und blieb stehen. Als Erstes fiel ihm auf, dass die Buche links vor dem Haus verschwunden war. Seine Mutter hatte immer geklagt, dass ihr der Baum im Wohnzimmer zu viel Licht wegnehmen würde. Jetzt sah er tatsächlich die Fenster des Zimmers zur Straße. Die dicken Wohnzimmervorhänge waren geschlossen. Er hatte keinen Schlüssel, und es war auch keine Zeit mehr, aber selbst wenn er Zeit gehabt hätte, wäre er vermutlich nicht hineingegangen. Er starrte auf die Haustür und wusste, dass sich dahinter sehr viel abgespielt hatte. Die Tür war irgendwann neu gestrichen worden, aber die Farbe blätterte trotzdem ab. Das quadratische kleine Gitterfenster ganz oben war noch immer genauso verbogen wie früher. Das Gitterchen gegen die Einbrecher, hatte seine Mutter immer gesagt. Er hatte das Bedürfnis, zur Haustür zu laufen, seine Hand in den tiefliegenden runden Türknauf zu legen, früher passte sie genau hinein. Das war eins der Dinge, an denen er sein Wachstum gemessen hatte, erinnerte er sich jetzt wieder, und sein Vater hatte ihn oft dabei beobachtet, lächelnd. Papa, dachte er. Ihn fröstelte, und er knöpfte den Anzug zu.

Erst als er wieder ins Taxi stieg, begriff Collins, dass er seinen Vater nie mehr etwas fragen konnte. Ihm nie mehr etwas sagen konnte. Er dankte dem Fahrer und gab ihm die Adresse des Friedhofs. Der Fahrer fragte ihn nach seinem Akzent. Collins war überrascht, er konnte sich nicht vorstellen, dass man ihm seine lange Abwesenheit anhörte. Am Friedhof zahlte er, und sie verabredeten, wann ihn der Chauffeur wieder abholen sollte – er wollte nicht von seinen Schwestern abhängig sein. Schon vom Taxi aus sah er mehrere Bekannte und Leute aus dem Viertel, an die er sich vage erinnern konnte. Nachdem er ausgestiegen war, nickte er einigen Herren höflich zu, die sich zu fragen schienen, wer dieser Mann wohl war. Sophie küsste ihn, er war froh, sie zu sehen. Auch sie war allein gekommen. Margriet ging ein Stück weiter vorn, neben ihrem Mann. Collins' Vater hatte ihn für einen Widerling gehalten und sich oft über ihn beklagt. Sophie rief Margriet und ihren Mann, der sich sofort umdrehte und stehen blieb. Margriets Kajal war verlaufen. Nachdem Collins sich seinem Schwager vorgestellt hatte, gingen sie zusammen weiter den Kiesweg entlang.

Auf dem Weg zur Grabstelle, wo die Särge ihrer Eltern in den Boden sinken sollten, stritten die Schwestern darüber, welche Blumen ihre Mutter gewollt hätte. Collins mischte sich nicht ein, sie kannten ihre Wünsche besser als er. Obwohl er sich nicht vorstellen konnte, dass seine Eltern schon über Grabschmuck gesprochen hatten, dafür waren sie eigentlich zu jung gewesen. Sein Schwager, der nicht halb so schlimm war, wie befürchtet, erzählte Collins vom Unfall, dass sie angefahren worden waren, während sie die Straße überquerten – was Alkohol nicht alles anrichten kann, sagte er.

»Hat man den Fahrer festgenommen?«

Nein, er war einfach weitergefahren, und niemand hatte das Nummernschild lesen können. Aber machte es denn einen Unterschied, fragte sich Collins, wenn man wusste, wer es war? Sein Schwager erzählte, wie das Auto mit einem Höllentempo direkt in die beiden hineingefahren war. Sein Vater war auf der Stelle tot gewesen, die Mutter erst im Krankenhaus gestorben.

Margriet und Sophie hatten ihre Auseinandersetzung beigelegt und gingen, Arm in Arm und quälend langsam, unmittelbar vor Collins und seinem Schwager hinter den Särgen her.

Bekannte ihrer Eltern standen in Grüppchen beisammen, einige Trauergäste warteten bereits an der Grabstelle, während andere erst eintrafen. Von ein paar Männern wusste er, dass sie ebenfalls in der Partei gewesen waren. Ob sie Kameraden geblieben waren? Collins fand, dass sein Vater nicht zu diesen Leuten und ihren verqueren Ansichten passte, aber vielleicht denken alle Kinder so. Ob sie je verurteilt worden waren? Waren sie auch mit einer Geldstrafe davongekommen? Collins hatte keine Ahnung, welche Funktionen es in der Partei überhaupt gegeben hatte. Und es war so lange her, er musste sich nicht damit auseinandersetzen. Sicher nicht jetzt. Bei einem Doppelbegräbnis sei er noch nie gewesen, meinte sein Schwager jetzt fast fröhlich. Also doch ein Widerling, dachte Collins.

Sie waren am Ende des Kieswegs angelangt. Collins und seine Schwestern traten gemeinsam vor.

Als er in die tiefe Grube starrte, wurde ihm erst bewusst, dass seine Schwestern beschlossen hatten, die Eltern in einem Familiengrab beizusetzen. Er hatte sich keine Gedanken darüber gemacht, aber das war jetzt auch nicht mehr wichtig. Ein paar

Männer kamen zu ihm, um ihm die Hand zu schütteln. Collins reagierte kaum auf die Worte der Nachbarn und Freunde. Dem Sohn, den keiner kannte, zu kondolieren, war reine Formsache. Er stand aufrecht da. Während er darauf wartete, dass die Särge der Erde übergeben wurden, sah er sich um. Einige Gesichter hatte er noch nie gesehen. Ihm war beklommen zumute. Für Juni war es drückend heiß, doch die Sonne war nicht zu sehen. Es musste noch hell gewesen sein, als seine Eltern ihr Leben gelassen hatten.

Jemand tippte ihm auf die Schulter.

Er erkannte ihn sofort. Der Nachbar. Einer der wenigen, an die er sich deutlich erinnern konnte.

Henk schüttelte Collins die Hand und schien erfreut, ihn wiederzusehen: »Junge, wie schön, dass du da bist.« Collins lächelte, wunderte sich aber. Warum war er gekommen? Wegen seiner Mutter? Hatten sie womöglich doch etwas miteinander gehabt? Er war herzlich zu Collins, wie früher. Mein Gott, war der Mann alt geworden, seine Redeweise hatte sich aber nicht verändert. Collins erzählte ihm, er habe es erst nicht glauben können, als seine Schwester ihm am Telefon davon erzählt hatte. Er konnte kaum atmen.

»Es ist schrecklich«, stimmte Henk zu, ohne näher darauf einzugehen.

»Am helllichten Tag, das kann doch eigentlich nicht sein?«

Henk sah ihn fragend an. »Es wird schon ein

bisschen dämmrig gewesen sein. Denk nicht zu viel darüber nach, mein Junge«, sagte er und ließ jetzt seine Hand freundschaftlich auf Collins' Schulter ruhen. Ein paar Meter neben ihnen stand eine Dame, die sie offensichtlich beobachtete. Sie trug einen großen schwarzen Hut, der ihr Gesicht zum Teil bedeckte. Seine Schwestern baten Collins, ein bisschen näher zu kommen, es sei an der Zeit.

Zuerst versank die Mutter in der Erde, Collins schloss die Augen. Er öffnete sie wieder, als er den Namen seines Vaters hörte. Ein Psalm. Dann wurde auch der Sarg seines Vaters hinabgelassen. Alles begann sich zu drehen, er versuchte, den Blick abzuwenden. Er hatte Angst, hinzufallen. Mit dem Zeigefinger rieb er sich die Augenwinkel trocken, trat ein paar Schritte zurück und prallte gegen jemanden. Es war dieselbe Frau, die ihn vorhin beobachtet hatte.

Sie berührte ihn kurz an der Schulter, als ob sie sagen wollte, dass es schon gut sei, und wandte sich gleich wieder ab. Diesmal aber hatte er ihr Gesicht gesehen.

Er kannte sie. Doch woher? War sie in Begleitung? Nein, eindeutig allein.

Danach, im Kaffeezimmer, sprachen alle über den Unfall. Da geht man einfach über die Straße, und plötzlich so etwas. Unvorstellbar. Unfassbar. Collins nahm schnell ein paar Schlucke von seinem Wasser und sah sich um. Eigentlich war niemand da, mit dem er reden wollte, bis auf den Nachbarn und die Frau mit dem Hut – woher kannte er sie nur? Er hielt Ausschau nach ihr, konnte sie aber nicht mehr finden.

Gut eine Viertelstunde später, nach der Beileidsbekundung eines ihm unbekannten Ehepaars, das seinen Vater offenbar sehr geschätzt hatte, stand sie vor ihm. Sie legte den Kopf ein klein wenig schräg.

»Guten Tag, Otto«, sagte sie.

Er konnte kaum antworten. Auch ihre Stimme kam ihm bekannt vor.

»Hallo«, sagte er unsicher.

Sie erklärte ihm, dass sie ein paar Jahre neben ihm gewohnt habe, vor langer Zeit, und ihn habe aufwachsen sehen. Collins nickte, konnte sie aber immer noch nicht einordnen. Ihm schien, als ob er sie öfter gesehen hätte, auch später noch. Nachdem sie ihm ihr Beileid ausgesprochen hatte, verstummte das Gespräch. Sie machte keine Anstalten zu gehen.

»Seltsam«, sagte Collins, »ich dachte schon, dass ich Sie von irgendwoher kenne.«

Sie schüttelte den Kopf. »Nur die ersten Jahre deines Lebens.« Sie lächelte, ihre Unterlippe zitterte ein wenig. Er betrachtete ihr Gesicht und wusste nicht, was er sagen sollte. Vorsichtig griff sie nach ihrer Handtasche und holte ein kleines, braunes Etui heraus.

»Sieh mal«, sagte sie. »Das bist du.«

Auf einem alten, reichlich verknickten Schwarzweißfoto sah Collins einen kleinen Jungen in kurzen karierten Hosen.

»Und das bin ich, in jungen Jahren«, sagte sie. Warum saß er bei ihr auf dem Schoß? »Dein Vater hat das Foto gemacht.«

Collins sah, wie die Frau auf dem Foto ihre Arme um ihn geschlungen hatte, als hätte sie Angst, dass er fallen könnte. Die beiden saßen auf einer Treppe. Gemeinsam betrachteten Collins und die Frau das kleine Foto, das genau in ihre Handfläche passte.

»Ist das vor unserem Haus?«, fragte er.

Sie warf ihm einen aufmerksamen Blick zu. »Nein, vor dem Nachbarhaus«, sagte sie. Collins betrachtete die Haustür, sie sah tatsächlich anders aus.

Als Sophie auf sie zukam, drehte die Frau das Foto um und hielt es ihm hin.

»Es ist für dich.«

Collins nickte und nahm das Foto, ohne zu fragen, ob sie es denn wirklich weggeben wollte. Warum war sie so bewegt? War sie mit seinen Eltern befreundet gewesen? Warum kannte er sie dann nicht besser? Er sah Sophie näher kommen und ließ das Foto in seiner Hosentasche verschwinden.

»Danke, dass Sie gekommen sind«, sagte er förmlich.

Sie lächelte, den Kopf noch immer ein wenig schräg geneigt. »Wo lebst du eigentlich?«, fragte sie schließlich.

»In Amerika«, antwortete er.

»Amerika ist groß.«

»In New York.«

»Geht es dir dort gut?«

»Sehr gut, vielen Dank.«

Sie schlug die Augen nieder. Nach einer kurzen Pause sah sie ihn wieder an. »Schön, sehr schön. Pass bitte gut auf dich auf.« Wieder zitterten ihre Lippen.

»Ich tue mein Bestes«, antwortete er und fasste nach dem Foto in seiner Tasche, während sie sich langsam von ihm entfernte. Er wollte sie zurückhalten, aber es warteten noch andere Trauergäste auf ihn. Er war nicht viel jünger als diese Frau. Jetzt sprach sie mit dem Nachbarn, da konnte er sich später anschließen. Er hoffte, dass die anderen Leute schnell gehen würden.

Die nächste halbe Stunde voller Stimmengewirr zog wie im Traum an Collins vorbei. Er schüttelte Hände, reagierte ab und zu auf Fragen. Zwischendurch tastete er immer wieder nach dem Foto in seiner Hosentasche. Die Frau sah er nicht mehr. Sie hatte nicht einmal ihren Namen gesagt. Und auch Henk war plötzlich fort.

Am Ausgang wartete bloß der Taxifahrer auf ihn. Collins' Schwager nahm die beiden Schwestern mit.

Sophie fragte, ob sie sich noch einmal sehen würden. Er müsse noch am späten Abend wieder nach Amerika zurück, sagte Collins.

»Aber wir haben noch so viel zu regeln.«

»Das müssen wir telefonisch erledigen.« Notfalls werde er zu gegebener Zeit noch einmal rüberkommen. Er könne unmöglich länger bleiben.

Warum er die Reise so geplant hatte, wusste er selbst nicht. Er wurde die Unruhe einfach nicht los.

Sophie küsste ihn zum Abschied.

Eine Frage hatte er noch. »Wer war die Frau, die mit dem Nachbarn gesprochen hat?«

»Sein ehemaliges Dienstmädchen.«

Collins nickte und wandte sich der zweiten Schwester zu.

Auch Margriet verabschiedete sich mit zwei Küssen von ihrem Bruder.

Er ging die zwanzig Meter zum Wagen neben dem Taxifahrer her. Seine Hand blieb in der Hosentasche.

Collins' Leidenschaft kostete ihn Zeit, aber sie gab ihm auch eine ungeahnte Energie zurück. Manchmal fuhr er nach Brooklyn, nur um eine halbe Stunde bei Stella zu sein. Der erste lange Kuss, einen Tag nach seiner Rückkehr aus Europa, und er wusste, dass er sie ganz haben wollte. Unangemeldet war er bei ihr aufgetaucht. Sie war noch schöner gewesen, als er sie in Erinnerung hatte. Sie trug ein zu enges Shirt und die langen Haare offen. Erst da verging das abscheuliche Gefühl in seinem Magen, das ihn die ganze Reise über begleitet hatte. Er musste sie einfach berühren. Seine Hände umfassten vorsichtig ihr Gesicht, wie etwas Kostbares. Wortlos sah sie ihn an, dann küsste er sie. Es passierte wie von selbst. Seine Augen fragten, ob er bei ihr bleiben dürfe. Sie nahm seine Hand, blieb an ihn geschmiegt stehen und beantwortete seinen Blick. Sie wollte wissen, wie es ihm gehe. Collins sah sie fragend an.

»Deine Reise nach Europa, Otto, ich will wissen, wie es dir geht.«

Er erzählte von der Beerdigung, von seinen Schwestern und holte schon bald das kleine Foto aus seiner Brieftasche. Bislang hatte er es niemandem gezeigt. Doch jetzt war es mit seiner Selbstbeherrschung vorbei, und er sprach ohne Angst. Stella hörte ihm zu. Erst nachdem er von der Frau mit dem Hut erzählt hatte, verstummte er. Stella drückte ihre Lippen sanft auf seinen Mund. Er streichelte ihr Gesicht. Sie lächelte.

Nachher, als sie ganz entspannt bei ihm lag, den Kopf auf seiner Schulter, fragte sie ihn, woher diese merkwürdige Stelle an seiner Ferse käme.

»Ich weiß es nicht, mein Liebes.«

Wie lange er den Fleck schon habe.

»Meine Mutter hat immer gesagt, ich sei schon damit auf die Welt gekommen.«

»Seltsam«, wunderte sich Stella. »Sieht mehr nach einer Verletzung aus. Tut es weh?«

Er verneinte. Stellas Atem streifte seinen Hals. Er schloss die Augen. So wollte er sein restliches Leben liegen bleiben.

Wenn sie eines Tages wieder aus dem Haus gehen könne, sagte Stella einige Wochen später zu ihm, hätte es keinen Sinn mehr, unangemeldet vorbeizuschauen.

Collins reagierte unmutig.

Am liebsten hätte er sie unter Hausarrest gestellt, sie sollte Tag und Nacht für ihn da sein. Er versuchte es positiv zu sehen: Wenn sie mobiler wäre, konnten sie endlich etwas unternehmen, natürlich nur unter größten Vorsichtsmaßnahmen. Er durfte sich nicht erwischen lassen, denn eine andere Frau in seinem Leben konnte seiner Karriere schaden. Dass er in diesem Zusammenhang von seiner Arbeit sprach und nicht von seiner Familie, wunderte Stella am meisten. Was war denn mit seinen Kindern? Er hatte doch gesagt, sie wären sein Ein und Alles. Dass er ihretwegen niemals seine Frau verlassen würde.

Was sie als Erstes tun werde, wenn sie wieder ausgehen könne, wollte er wissen. Stella lag zwischen seinen Beinen auf der Couch, ihr Rücken auf seinem Bauch. Darüber musste sie erst einmal nachdenken. In die Kneipe gehen, stand weit oben auf ihrer Liste. Ihr fehlten die Studienkollegen, die ausgelassene Stimmung, das Tanzen, die Musik.

Ob er mitkommen wolle?

»Natürlich«, antwortete Collins, obwohl das undenkbar war, viel zu riskant. Er hasste die Vorstellung, dass sie ohne ihn tanzen gehen würde, die Hände eines anderen Mannes um ihre Taille. Zu

Hause kam sie schon beinah ohne ihre Krücken aus. Collins träumte davon, sie an seiner Seite, ihre Gelassenheit und Schönheit ständig um sich zu haben. Er würde sie zu seiner Lieblingsgalerie in Manhattan mitnehmen, dort wollte er ihr die Kunstwerke erklären. Am liebsten würde er sie mit ins Auktionshaus nehmen. Ob das jemals wahr würde?

Wieder holte er das kleine Foto hervor. Auch Stella war davon fasziniert.

Bevor sie zusammen das Haus verlassen konnten, vergingen noch ein paar bewegte Wochen. Anfangs hatte sie noch Probleme mit ihrer Hüfte. Aber es machte ihr nicht viel aus, sie war schon froh, wieder einigermaßen gehen zu können. Er sah, wie sie ihre Freiheit genoss, sich mit Kommilitonen traf und gut mit dem Studium vorankam. Sie führte sogar wieder Interviews, was in den ersten Monaten nach ihrem Unfall unvorstellbar gewesen war. Collins fragte sich, ob sie auf der Straße angestarrt wurde. Es musste doch auffallen, eine so hübsche junge Frau, die nur mit Mühe gehen konnte? Stella lächelte. »Nur die Männer fragen mich danach, um mit mir ins Gespräch zu kommen.« Er wollte nichts mehr davon hören.

Langsam wurde es Herbst. Es kam nun immer öfter vor, dass er sie eine ganze Woche lang nicht sehen konnte, weil sie kaum zu Hause war. Er wusste, wo sie sich gern aufhielt, und suchte sie in ihren Lieblingskneipen. Stellas Freunde bekamen allmählich mit, dass dieser Mann im Geschäftsanzug wirklich etwas mit ihr zu tun hatte, also wurden keine Witze mehr über ihn gerissen, zumindest nicht in seinem Beisein. Stella störte sich nicht weiter daran, dass ihre Freunde sie mit ihrem fliegenden Holländer aufzogen. Sie hielt ihre Liebe nicht geheim. Sie ließ sich von ihm lieben, stundenlang konnten sie miteinander reden. Und ja, sie wusste, was er ihr nicht geben konnte.

Dass Stella ihr erstes Treffen in einer Galerie, nur wenige Blocks von seinem Büro entfernt, aufregend fand, sagte sie schon einige Tage vorher. Endlich würde sie ihm an einem Ort begegnen, wo man ihn kannte, noch dazu all die kostbaren Gemälde an den Wänden. Kunst kannte sie vor allem aus dem Museum, das hier war etwas anderes. Sie genoss Collins' Erklärungen. Sie mochte es, wie er sich mit der Hand durch sein dichtes Haar fuhr, wenn er von einem Gemälde und seinem Schöpfer erzählte. Als sie sagte, dass sie das sehr verführerisch finde, wurde er plötzlich verlegen.

Collins gewöhnte sich allmählich an die kurzen Telefonate vom Büro aus, an die verstohlenen Treffen zwischendurch und auch daran, immer wieder Abschied nehmen zu müssen. Obwohl sie inzwischen Teil seines Lebens war, beglückte ihn jede Begegnung noch tagelang, dann spürte er, dass er lebte. So geborgen wie bei Stella hatte er sich nie zuvor gefühlt.

Die Einsamkeit, die er in Amerika als junger Student empfunden hatte, war mit der Zeit verschwunden. Er erinnerte sich daran, wie sehr er anfangs seine Eltern vermisst hatte, aber mit der Zeit war es ihm gelungen, diesen Leerraum zu füllen. Und anfangs hatte ihm Ellen dabei geholfen.

Seit dem Unfall in den Niederlanden dachte er mehr denn je an seinen Vater. Er hörte den gedämpften, besorgten Ton, wenn sie miteinander sprachen, und er dachte an die Fragen, die er seinem Vater nie hatte stellen können. Und an Henk, und warum er auf der Beerdigung gewesen war – und an Henks ehemaliges Dienstmädchen. Er hatte nur ein paar Worte mit ihr gewechselt, sah aber noch immer ihr trauriges Lächeln vor sich. Ein kleines Kinderfoto kann doch nicht so wichtig sein?

Seit seiner Rückkehr hatte er das Bedürfnis, sich abzukapseln. Er wusste nicht, woran es lag, aber es war, als ob er nirgends dazugehörte. Nur bei Stella fühlte er sich am richtigen Platz. Immer öfter sprachen sie über das kleine Foto. Warum er den Nachbarn nicht einfach anriefe, fragte Stella. Collins wollte nichts davon hören. Er wehrte sich gegen eine größer werdende Angst, die ihn immer dann überkam, wenn er an den geschlossenen Zimmertüren seiner Kollegen vorüberging. Angenommen, sie beschäftigten sich jetzt nicht mit Kunstobjekten, erstellten keinen Katalog, sondern recherchierten, was würden sie dann über ihn herausfinden?

Waren nicht gerade die Gespräche mit Stella der Auslöser für diese Befürchtungen? Ihr offenbarte er sich, wie er es nie zuvor getan hatte. Machte das Aussprechen seiner Ängste diese Ängste nicht noch größer? Jede Frage Stellas hatte die einst geschlossene Tür zu seiner Kindheit in Holland weiter aufgestoßen. Er erzählte ihr vom Schreibtisch seines Vaters, links die Papierstapel, rechts die Kunstbücher. Man sollte denken, dass er darin las. Aber er schrieb Listen. Wenn er näher kam, erinnerte sich Collins, drehte der Vater die Papiere um.

Zum ersten Mal wurde ihm bewusst, dass seine Arbeit der des Vaters gar nicht unähnlich war. Nur hatte sein Vater im Auftrag der Partei gearbeitet.

»Ich darf mich von der Vergangenheit nicht beherrschen lassen«, sagte Collins. Sie nickte, es hatte keine Eile. Er ergriff ihre Hand und kam sofort zur Ruhe. Collins schloss die Augen und begriff, dass seine Beziehung zu Ellen ihm nichts mehr bedeutete, aber seine Kinder waren noch immer sein Ein und Alles.

»Liebes, ich muss wieder zu meinen Kleinen.«

Jedes Mal hatte er Angst davor, dass sie ihn satt haben könnte, den Geliebten, der immer wieder fortging. Sie hatten oft darüber gesprochen, diese Angst hatte sie ihm nicht nehmen können. Im Gegenteil, irgendwann wollte sie eine eigene Familie gründen. Er wusste, dass er ihr das nicht geben konnte, und doch wollte er sie niemals verlieren. Er begehrte sie, jede ihrer Bewegungen, jeden Satz, den sie sorgfältig formulierte. Nie zuvor hatte er begriffen, was Leute meinten, wenn sie miteinander verschmelzen wollten, er hatte gedacht, das sei leeres Gerede. Wie sehr er sich getäuscht hatte. Stundenlang liebkosten seine Finger ihre Haut. Er kannte jeden Fleck ihres Körpers, jedes Muttermal, jede Narbe.

NEW YORK, 1992

Er wusste nicht, wie es so weit hatte kommen können, warum er sich schließlich damit abgefunden hatte. War er wirklich so schwach? All die Jahre nicht imstande, Herr im eigenen Haus zu sein? Warum war er geblieben? Aus Feigheit? Oder lag es an Stella, die ihn seiner Familie nicht wegnehmen wollte? Die Kinder waren erwachsen. Harry wohnte zwar noch zu Hause, arbeitete aber bereits als Anwalt. Jessica hatte er gehen lassen, das bereute er.

Jessica hatte sich in einen Mann verliebt, aus einer niedrigeren Klasse, wie Ellen sich ausdrückte. Ellen hatte von Jessica verlangt, dass sie sich von ihrem Freund trenne, als könnte man das von einer erwachsenen Frau verlangen. Collins hatte versucht, seine Frau zu beschwichtigen, aber sie beharrte auf ihrem Standpunkt. Der Mann kam aus dem falschen Viertel, und Ellen wollte keinen

»Proleten« im Haus haben. Die Auseinandersetzungen wurden immer heftiger, bis Ellen Jessica sagte, dass sie nicht mehr willkommen sei. Sie hatten sich Dinge an den Kopf geworfen, die sich nicht leicht zurücknehmen ließen: Ellen war die Mutter, die sich nie um ihre Kinder gekümmert hatte, und Jessica … Collins ertrug nicht einmal die Erinnerung daran. Dass Jessica eine Schlampe sei, hatte Ellen gesagt. Noch bevor Collins von der Arbeit zurück war, hatte Jessica ihre Sachen gepackt. Seither hatte sie die Wohnung nicht mehr betreten. Collins traf sich hin und wieder mit ihr, in Kneipen, im Park, an der Straßenecke, aber Jessica war genauso dickköpfig wie ihre Mutter und dachte nicht im Traum daran, ihr je zu vergeben. Der »Prolet« war übrigens wenige Wochen darauf wieder von der Bildfläche verschwunden, aber das änderte nichts.

Immerhin hatte Jessica regelmäßig Kontakt zu ihrem Bruder, aber auch Harry gelang es nicht, Jessica mit der Mutter auszusöhnen. Jessica konnte einen so schrecklich desinteressierten Blick aufsetzen, wenn er sie danach fragte, obwohl es für sie nichts Schmerzlicheres gegeben hatte als diese Auseinandersetzung. Nicht der Bruch, nicht ihr Liebesleben, nein, die Demütigung durch die Mutter hatte sie so schwer getroffen.

Als sie sich einmal auf einen Kaffee trafen, sagte Jessica zu Collins, dass auch sie sich nicht immer richtig verhalten habe. Sie hatte ihre Freunde schneller gewechselt als ihr Hemd, schon als Teenager, gestand sie, während sie im Kaffee rührte. Er sah sie erstaunt an. Das hatte er nicht gewusst, aber selbst wenn. Ellen hätte dieses Wort nie in den Mund nehmen dürfen. Sie hätte es nicht mal denken dürfen. »Du bist meine Tochter, egal, was du tust«, sagte er. Er fühlte sich schuldig und wollte retten, was noch zu retten war. Dass er sich heimlich mit ihr verabredet hatte, weil er zu Hause keinen Streit wollte, auch dafür schämte er sich. Er hasste seine eigene Schwäche. Sie spottete, es wäre doch völlig in Ordnung, ein Trottel zu sein, der sich von seiner Frau am Gängelband führen ließ. »Ich kann mich darüber nicht mehr aufregen«, sagte sie.

Sie hatte in dem Fünfsternehotel ganz in der Nähe ihres kleinen möblierten Zimmers einen Job als Serviererin, auch damit gab sie sich zufrieden. Heute servierte sie Kaffee und Tee und räumte die Frühstückstische ab. Dass sie sich früher selbst bedienen lassen durfte, war ihr längst egal.

Jessicas Distanziertheit machte es Collins und Harry immer schwerer, mit ihr in Kontakt zu bleiben. Sie hatte ihnen ihre neue Adresse genannt, ihr drittes Zimmer zur Untermiete in kürzester Zeit, aber ihre neue Telefonnummer hatte sie ihnen nie gegeben. Sie straft uns, weil wir noch loyal mit Ellen sind, dachte Collins.

Vor den Auktionen nahm sich Collins immer eine Stunde Vorbereitungszeit und zog sich in sein Büro zurück. Zwar hatte der Auktionator am meisten zu tun, aber als *Head of Impressionists & Modern Arts* war Collins für seine Abteilung verantwortlich. Die stille Stunde nutzte er für ein Telefonat mit Stella. Er klagte, schüttete ihr sein Herz aus, und sie hörte ihm zu, Stella urteilte nie. Auch nicht über die Tyrannei seiner Ehefrau. So hatte es sich entwickelt, Stella hatte es miterlebt, und er war nie stark genug gewesen, seiner Frau die Stirn zu bieten. Oder war sein Schuldgefühl wegen ihrer Affäre so groß, dass er seiner dominanten Frau so viel Raum ließ? Und Jessica? War er ihr ein schlechtes Vorbild gewesen, weil er so selten mit seinen Eltern, seinen Schwestern gesprochen hatte? Nein, das war etwas anderes, ich bin ins Ausland gegangen. Oder hätte ich doch mehr Interesse an meinen Schwestern zeigen müssen?

Sophie hatte gelegentlich noch angerufen. Sie war in Haarlem in eine Wohnung ganz in der Nähe ihres Elternhauses gezogen, aber er hatte nicht einmal die Adresse notiert. Auch in den Monaten nach dem Unfall, als seine Schwestern das Elternhaus leer räumten, hatte Collins sich ferngehalten. Er brauchte nichts von dem Hausrat, und von dem Geld würde er eh nichts mehr sehen.

Aber lebte Ellen nicht gerade vor, was gute Familienbande waren? Sie verstand sich gut mit ihren Eltern, überall im Wohnzimmer standen Fotos von ihnen – in diesen abscheulichen silbernen Fotorähmchen –, sie waren Teil ihres Lebens. Collins wunderte sich über Ellens liebevollen Umgang mit ihren Eltern, während sie keinen Gedanken an ihre Tochter zu verschwenden schien. Sie sprach oft über die *balance of life*, das hatte ihr dieser sündhaft teure Therapeut eingeredet. Und Collins fragte sich, welche *balance* denn zwischen Ellen und ihrer Tochter existierte.

An einem Donnerstagnachmittag kam Collins früh nach Hause. Blanca begrüßte ihn mit der Bemerkung, dass er ein bisschen blass aussehe. Ellen sei zu einem späten Lunch in der Stadt. Collins fühlte sich tatsächlich nicht wohl, er hatte einen schweren Kopf, und ihm tat der Magen weh.

Als er beim Pinkeln vor der Toilette stand, war ihm mit einem Mal so schwindlig, dass er sich an der Badezimmerwand abstützen musste. Er wusch sich kurz die Hände und legte sich dann aufs Bett. Die Augen fielen ihm zu. Was für ein Scherbenhaufen, dachte er, wie hatte es nur so weit kommen können? Warum war Jessica so rebellisch? Und Stella, ihre Abwesenheit verursachte ihm körperlichen Schmerz. Er sah sie nur noch selten und durfte ihr nicht übelnehmen, dass sie sich für ein anderes Leben entschieden hatte. Er dachte an ihren weichen Mund und drehte sich auf die Seite.

Unschlüssig hatte er am Morgen vor einer großen braunen Haustür gestanden. Zwischen drei Klingeln hatte er nach der richtigen gesucht. Sie würde sich wundern, nach so langer Zeit. Nach wenigen Sekunden flog die Haustür auf. Da stand das Ebenbild seiner Frau, so hatte sie ausgesehen, als er ihr zum ersten Mal begegnet war. Eltje, dachte er. Trotz der frühen Stunde sah sie strahlend aus.

Erstaunt lächelte sie ihn an.

»Papa?«

Er küsste sie auf die blasse Wange, und sie bat ihn herein, als wäre nie etwas vorgefallen.

»Wie schön, Paps«, sagte sie, »wir haben uns viel zu lange nicht gesehen.« Er sagte, dass er es nicht länger ausgehalten habe, sie fehle ihm sehr. Harry hatte ihm ihre neue Adresse gegeben. Er kam in ein in fröhlichen Farben gestrichenes Wohnzimmer, viel Rot und sogar Rosa. So etwas hatte er noch nie in einem Wohnzimmer gesehen. Aus den Möbeln schloss er, dass sie Kinder hatte. Er war Großvater von Kindern, die er nicht kannte.

Jessica fand, dass er müde aussah. Ob es ihm denn gut gehe? Darüber hatte er noch nicht nachgedacht. Ob er ihr Töchterchen sehen wolle, fragte sie mit angehaltenem Atem. Das war mehr, als Collins zu hoffen gewagt hatte. Sie gingen in das Kinderzimmer.

»Du darfst sie auf den Arm nehmen«, sagte Jessica. Aber er schüttelte den Kopf. Er wollte die Kleine nicht wecken und streichelte seiner Enkelin nur kurz die Wange.

In der Küche setzte Jessica Kaffee auf und fragte ihm ein Loch in den Bauch. Sie wollte alles wissen. Auch, wie es Blanca ging. Vielleicht vermisst sie uns ja doch, dachte Collins. Sie wirkte nicht unglücklich. Gott sei Dank.

Während er in seinem Kaffee rührte, betrachtete er seine Tochter, die an der Anrichte lehnte, die Ärmel ihres Pullovers über die Hände gezogen. Einige Dinge blieben immer gleich.

Mir geht es schon viel besser, seufzte er, während er seine Tasse nach dem ersten Schluck wieder abstellte. Er wagte nicht zu sagen, dass er sich schuldig fühlte. Er hatte es nicht besser gemacht als seine eigenen Eltern, aber nun wollte er nicht länger der große Abwesende sein. Jessica setzte sich zu ihm an den Küchentisch. Wieder sagte sie, wie schön sie es finde, dass er da sei. Er fragte, ob sie inzwischen anders über ihre Mutter denke. Sie schüttelte den Kopf.

Dieses Bild ging Collins nicht aus dem Sinn. Ständig sah er seine Tochter vor sich. Die Kopfschmerzen hämmerten auch weiter, als er auf dem Bett lag, aber hier war es wenigstens ruhig und still.

Als er aus dem Schlafzimmer kam, war Blanca bereits gegangen. Er schlurfte in die Küche, öffnete den Kühlschrank und schloss ihn wieder. Ellen hatte immer zu viel zu tun und keine Zeit zum Einkaufen. Er goss sich ein Glas Wasser ein und dachte wieder an die Kleine in ihrem rosaroten Bettchen, von der er Ellen nicht erzählen konnte. Er hörte die Tür.

Verdutzt stand Ellen vor ihm. »Warum bist du schon zu Haus?«

Er begann sich zu entschuldigen. Er habe sich nicht wohl gefühlt. Und der Terminkalender war heute nicht besonders voll gewesen, die große Auktion hatten sie ja gerade hinter sich. Sie müssten sich allerdings sehr bald wieder mit Kunden verabreden, netzwerken sei schließlich fast alles. Ellen nickte, deshalb habe sie auch die Einladung zu diesem langweiligen Damenlunch angenommen. Collins sagte nichts weiter dazu, fand es aber nett von ihr. Es gehe um die Dame mit dem kleinen van Gogh im Wohnzimmer, sagte sie. Collins hatte sie vor Jahren darauf aufmerksam gemacht. Schließlich könne man nie wissen, ob sie ihn nicht vielleicht doch loswerden wolle.

Er dachte an Jessica, behielt seine Gedanken aber für sich, darin war er Meister. Von Tag zu Tag wird es leichter, dachte er, es wird einem zur zweiten Natur, einen Teil seines Lebens zu verschweigen. Er hatte nicht mal ein schlechtes Gewissen. Einzig sein Auktionator Miller, den er inzwischen seit Jahrzehnten kannte, schien Collins zu durchschauen. Wie es sich für einen guten Auktionator gehörte, war Miller sehr energisch, direkt und offen, er nahm kein Blatt vor den Mund. Manchmal kam es vor, dass Collins ins Schwärmen geriet über ein Gemälde, eine bestimmte Lichtgebung. Miller hatte ihn darauf angesprochen: »Kunst bedeutet dir wirklich viel, nicht wahr?« Ob er mit diesem Bild etwas Bestimmtes verbinde. Collins schämte sich und versuchte darüber hinwegzureden, dieser Maler könne das Licht einfach ganz phänomenal einfangen. Miller fragte dann nicht weiter, er verließ sich ganz auf Collins' Expertise. Nur manchmal überlegte Collins, was Miller über ihn denken mochte. Stella bemühte sich sehr, ihn zu beruhigen. Wenn Miller etwas wüsste, was ihm nicht passte, hätte er es längst gesagt. Sie kannte inzwischen Collins' Ängste. »Wenn sie etwas hätten nachprüfen wollen, hätten sie das schon längst getan, Otto.«

Er würde Jessica häufiger besuchen. Sobald er wieder in der Gegend wäre, wollte er bei ihr vorbeischauen. Aber wann passierte das schon, dachte er auf dem Weg zur Galerie, vier Blocks vom Auktionshaus entfernt. Seine Kontakte, alles, was mit seinem Beruf zu tun hatte, konzentrierten sich auf ein paar wenige Blocks. Aber er hatte immer eine Ausrede, schließlich konnte sich ja ein Sammler gemeldet haben, bei dem er ein Kunstwerk begutachten musste, in irgendeinem anderen Viertel. Das war seine Standarderklärung gewesen, wenn er zu Stella nach Brooklyn wollte. Obwohl nie jemand nachgefragt hatte.

Auch heute sehnte er sich nach ihrer Stimme. Vor einer Ampel mitten im hektischen Verkehr hatte er plötzlich ein Lächeln auf den Lippen. Wenn er bei ihr anrief, sagte er immer dasselbe; und immer wenn sie »Guten Tag, meine Schöne« hörte, wusste sie, wer am Telefon war. Erstaunlich, dass sie all die Jahre Kontakt gehalten hatten, obwohl Stella inzwischen Familie hatte. Sie wohnte schon lange nicht mehr in New York, aber sie telefonierten noch immer regelmäßig. Ganz selten, alle Jubeljahre, kam sie zurück in die große Stadt, und dann liebten sie sich innig, als wäre die kleine Insel, auf der sie jahrelang gelebt hatten, für kurze Zeit wieder bewohnt. Collins war sich vieler Dinge in seinem Leben nicht sicher, aber dass reine Liebe keine Täuschung sein konnte, war eine Tatsache. Ihre Bindung schien seit Ewigkeiten zu bestehen, und weil jeder das Leben des anderen respektierte, konnten sie auch über alles miteinander sprechen. Stella war die Einzige, mit der er immer über alles hatte reden können. Sogar Lucie hatte mit der Zeit begriffen, dass diese Frau einen besonderen Platz im Herzen ihres Chefs einnahm: Sie musste Stella immer durchstellen, ganz gleich wie viel zu tun war. Für sie wurde er aus jeder Konferenz gerufen. Ein einziges Mal war Stella unangemeldet vorbeigekommen. Als sie Collins' Abteilung betrat, hatte sie alle Blicke auf sich gezogen. Lucie ließ sie sofort durch. Collins hatte ihr vor Jahren weisgemacht, dass Stella zur Familie gehöre, aber als er Lucies Blick beim Öffnen der Tür sah, war ihm sofort klar, dass sie ihm nicht mehr glaubte.

Vor Friedlanders Galerie blieb Collins stehen, strich seinen Anzug glatt und wischte sich den

Schweiß von der Stirn. Er liebte es, Werke unbekannter Sammler zu taxieren. Am Telefon hatte Friedlander nicht verraten, von wem die Sammlung kam, aber versichert, dass es sich lohnen würde.

Friedlander ließ seine Assistentin Sabrina Tee servieren und begann über Nichtigkeiten zu reden, Klatsch und Tratsch. In dieser Galerie fühlte sich Collins immer wohl, er mochte den wunderbaren Raum, vom Parkettboden bis zu den schneeweißen Wänden. Für Schätzungen gingen sie immer in einen anderen Raum; schließlich gab es genügend Personal, das den Schauraum offen halten konnte, also konnten sie sich in aller Ruhe zurückziehen.

Es sollte um fünf Bilder gehen. Friedlander ließ ihm den Vortritt. Im Hinterzimmer stand ein Plüschsofa und direkt gegenüber eine leere Staffelei. Mit weiß behandschuhten Händen stellten Sabrina und eine neue Assistentin, die Collins heute zum ersten Mal sah, das Bild auf die Staffelei und rückten es zurecht. Dann zog Sabrina langsam das Tuch weg. »Viel Vergnügen, meine Herren.«

Collins schlug Friedlander auf die Schulter. »Du bist immer für eine Überraschung gut!«

Der Händler lachte stolz. »Nicht wahr? Lass Fried nur machen.«

Collins hatte keine Ahnung, wie Friedlander an diese wunderbare kleine Brücke von Monet gekommen war. Die Assistentinnen ließen ihm alle Zeit. Collins erhob sich, um das Bild aus der Nähe zu betrachten. Er schätzte das Entstehungsjahr, machte sich Notizen zum Zustand der Leinwand, blieb minutenlang stehen. Es konnte manchmal Wochen dauern, bis er den Schätzwert bestimmt hatte. Friedlander hatte Collins von Beginn an gesagt, dass bei dieser Sammlung ein wenig Eile geboten sei. Der Besitzer wollte noch im Lauf der Woche eine erste Schätzung bekommen.

»Weißt du etwas über ihn«, fragte Collins, »wo er das Werk her hat?«

»Die Bilder hingen seit Jahr und Tag in der Wohnung seiner Mutter. Sie ist vor ein paar Wochen gestorben. Und jetzt gehören sie ihm.«

Collins wusste, was das bedeutete. Ein desinteressierter, unerfahrener Erbe, der nichts mit Kunst zu tun haben, sondern nur schnelles Geld machen wollte.

»So schlimm ist es nun auch wieder nicht«, verteidigte Friedlander seinen Kunden. Aber, in der Tat, der Sohn könne das Geld schon gut brauchen.

Collins nickte, warf einen letzten Blick auf den Monet und ging zum Sofa zurück. »Ich habe genug gesehen.«

Auf Friedlanders Anweisung trugen die beiden Assistentinnen das Gemälde ebenso vorsichtig wieder weg, wie sie es hereingebracht hatten, und kamen umgehend mit einem zweiten zurück.

»Das ist ein Früher«, sagte Friedlander.

Collins knurrte zustimmend. Friedlander musste ihm nicht die künstlerischen Phasen eines Renoir vorbeten.

»Damals war er noch keine dreißig. Wunderbar, nicht? Dieses Instrument hier …«, kommentierte Friedlander stolz.

Sie standen auf, um das Bild aus der Nähe zu prüfen.

Friedlander bot Collins noch etwas zu trinken an und goss sich aus einer zierlichen Karaffe Wasser nach. »Was meinst du, hast du schon eine Preisvorstellung?«, fragte er.

Collins hatte sich vor Jahren angewöhnt, keine voreiligen Schätzungen abzugeben. »Gedulde dich einen Augenblick, mein Freund«, antwortete er. Er notierte ein paar letzte Merkmale und fragte dann nach dem nächsten Gemälde.

»Ah, das wird dir gefallen. Es kommt aus deiner Heimat.«

Collins sah ihn fragend an.

Friedlander rückte ein bisschen näher, wechselte das Thema: Die neue Assistentin gefalle ihm schon sehr, flüsterte er.

Collins lächelte, ging aber nicht darauf ein. Dass sie sehr hübsch war, hatte er gleich gemerkt. Als die Frauen das dritte Bild aufstellten, bemühte er sich, nicht allzu auffällig auf ihren Hintern zu starren.

»Okay«, sagte Friedlander und gab Sabrina ein Zeichen.

Collins lachte. »Ja, natürlich! Aber noch aus seiner Haager Periode«, sagte er. Irgendwie dachten alle Amerikaner, jeder van Gogh müsse ein Meisterwerk sein. Collins überlegte. Hatte er das Bild schon einmal auf einer Auktion gesehen? Nein, vermutlich war es in einem Katalog abgebildet gewesen. »Das Bild hier wurde in den vergangenen zwanzig, dreißig Jahren angekauft«, stellte er fest.

»Kann sein«, meinte Friedlander. »Wenn du willst, frage ich noch mal nach, vielleicht weiß der Sohn des Hauses mehr darüber.«

»Nicht nötig, das werde ich schnell selbst recherchieren. Weißt du, Fried, wir könnten einen Sonderkatalog machen. Eine Auktion speziell für diesen Nachlass, was hältst du davon?«

Friedlanders Augen begannen zu funkeln, dazu würde sein Kunde bestimmt nicht Nein sagen. »Und du hast noch nicht mal alles gesehen!«

Collins nickte. Mit diesen ersten drei Bildern würde er sein Jahresziel erreichen, aber dann musste er auch ein großzügiges Angebot machen. Und zwar schnell, sonst würden die Kollegen von Christie's zuschlagen. »Ich habe genug gesehen, vielen Dank.«

Das vierte Gemälde trug Sabrina allein herein, trotz des großen Formats. Sie zog das Tuch weg, ohne auf ein Zeichen ihres Chefs zu warten.

»Meine Güte!« Collins hatte schon den Katalog vor Augen. Wie sich das ockergelbe Haus und die Bäume im Wasser spiegelten, das würde selbst auf den Fotos phänomenal herauskommen. Es war ein prächtiger Sisley, der perfekt zu dem Renoir passte.

Er stand auf und prüfte das Bild aus der Nähe. »Eine phantastische Sammlung, Fried.«

»Ja, die Dame hatte einen erlesenen Geschmack. Jetzt haben wir nur noch ein Bild vor uns.«

Sabrina fragte, ob die Herren vielleicht einen Aperitif wünschten. Collins lehnte freundlich ab, dafür sei es noch zu früh. Außerdem wollte er jetzt gleich das letzte Bild sehen.

»Das ist tatsächlich eine Überraschung, Fried. Mein Kompliment.«

Collins trank einen Schluck Wasser und beobachtete erwartungsvoll, wie Sabrina das Bild von der Staffelei nahm und in den Nebenraum brachte.

Friedlander räusperte sich. Er begann, über das letzte Gemälde zu sprechen. Sie arbeiteten ja schon seit Jahren zusammen. Der Ehrlichkeit halber müsse er zugeben, dass ihm zu diesem letzten Bild keine vollständigen Informationen vorlägen. »Es ist ein kleines Juwel, ohne Zweifel, aber die alte Frau konnte kaum Angaben zur Provenienz machen. Das Bild kam aus einer Sammlung von Leuten, die auch nichts Genaues wussten. Ja, in unserem Job ist das sehr unangenehm, und ich wollte es dir im Voraus gesagt haben. Wir machen schließlich keine krummen Sachen.«

»Moment mal, Friedlander. Fehlende Informationen sind das eine, aber das klingt, als ob hier etwas ganz und gar nicht in Ordnung ist.«

»Um ehrlich zu sein: Ich weiß es nicht genau«, gab Friedlander zurück. »Das Bild ist irgendwann im Krieg verschwunden und dann wieder aufgetaucht. Ausgeliehen, weggegeben – so schlimm ist das alles nicht.«

»Weggegeben? Du weißt genauso gut wie ich, Fried, dass niemand Bilder einfach so weggegeben hat.«

»Hör mal.« Friedlander legte die Hand auf Collins' Schulter. »Das ist alles, was ich weiß, also lass es uns einfach vergessen. Dieses Bild ist wirklich etwas ganz Besonderes.«

Collins seufzte. Er musste an seinen Ruf denken. Das Auktionshaus konnte keinen Skandal brauchen, und er selbst wollte auch nicht ins Rampenlicht gezerrt werden. Der andere Teil der Sammlung war phänomenal, damit konnte er sofort anfangen. »Und die vorherigen Bilder …?«

»Die vorherigen … wie kannst du das nur fragen? Das hätte ich dir doch gesagt, Collins. Schließlich sind wir Freunde.«

Collins nahm sich vor, die Provenienz der anderen vier Bilder gründlich zu überprüfen. Händler waren für ihn keine Freunde. »Gut«, sagte er, »dann mal los!«

Als ob sie gelauscht hätte, trug Sabrina in diesem Augenblick das Bild herein und stellte es auf die Staffelei. Friedlander gab ihr ein Zeichen. Ganz behutsam zog sie das Tuch beiseite.

Collins verschränkte die Arme. Er blieb sitzen. Er musste nicht näher herangehen. Wie konnte das nur sein?

Nur der Rahmen war ein anderer.

»Und?«

Collins versuchte, etwas zu sagen, konnte sich aber kaum bewegen.

»Ist das nicht schön, Collins?«

»Es ist phantastisch, Fried. Dieser Lichteinfall, einzigartig.«

»Sollen wir es uns mal aus der Nähe ansehen?«

Wie versteinert blieb Collins auf der Couch sitzen. Er fühlte sich kraftlos und wollte verhindern, dass Friedlander etwas bemerkte. Mit weichen Knien stand er schließlich auf.

Gemeinsam gingen sie auf das Gemälde zu. Collins hatte sein Notizbuch auf dem Sofa liegen lassen, er wusste nicht, wo er seine Hände lassen sollte. Er starrte und schwieg. Dieses Bild war nicht weggegeben worden. Das konnte er sich nicht vorstellen. Das würde bedeuten, dass sein Vater … Nein, Friedlander täuschte sich bestimmt. Unvollständige Informationen, weiter nichts.

Friedlander kam auf den Vorschlag mit dem Sonderkatalog zurück: »Das wird dem Erben gut gefallen«, und setzte hinzu: »Ich bin gespannt auf deine Schätzung.«

Collins versuchte sich zusammenzunehmen. Er sah den Katalog noch immer vor sich. »Das letzte Bild lasse ich lieber außen vor, Fried.«

»Was?« Friedlander war enttäuscht. »Ich werde dir noch mal was erzählen!«

Collins erklärte, sie sollten besser kein Risiko

eingehen. Der Fall Goudstikker hatte hohe Wellen geschlagen. »Ich will mir nicht die Finger verbrennen, Fried, du etwa? Seinen guten Namen ist man schnell los. Goudstikker hat monatelang Schlagzeilen gemacht. Wenn wir nicht aufpassen, kostet dich das hier die Galerie.«

Friedlander ließ den Kopf hängen. »Du magst ja recht haben. Aber was mache ich jetzt damit? Diese Tänzerin ist das schönste Bild von allen. Ich kann ihm doch nicht sagen, dass ich seinen Degas nicht nehme? Das Bild bringt garantiert mehr als zehn Millionen Dollar. Er wird mich für verrückt halten.«

»Sag ihm einfach die Wahrheit. Die Sammlung ist absolut einzigartig, die dürfen wir nicht ins Gerede bringen. Lass ihn das Bild behalten und gib es als Leihgabe ans Met, die werden Luftsprünge machen vor Begeisterung.«

Friedlander dachte nach. »Er wird auf die Millionen nicht verzichten wollen.«

»Na hör mal, Fried, die restlichen Bilder bringen schon fünfstellige Millionenbeträge ein. Es gibt Leute, die nichts anderes tun, als sich mit Raubkunst zu beschäftigen. Möchtest du die am Hals haben?«

Friedlander nahm einen Schluck Wasser. »Und? Legst du noch was drauf? Die Versicherungsgebühren will ich ihm lieber ersparen.«

Collins lächelte. »Ich übernehme sogar die Fotokosten. Sobald wir uns mit dem Sammler geeinigt haben, schick ich dir ein Team vorbei.«

Collins wollte nicht länger bleiben. Es drehte ihm den Magen um.

»Ich muss los, Fried.«

Er sah die Verwunderung in Friedlanders Augen. Die Strecke bis zu seinem Büro würde er nicht schaffen, das spürte er, er musste möglichst schnell ein Lokal aufsuchen. »Ich habe gleich eine Sitzung. Ich freue mich irrsinnig über diese phantastische Sammlung und auch auf den Katalog. In zwei Wochen kriegst du meine Offerte für die vier Bilder.«

»Christie's ist auch interessiert«, versuchte Friedlander den Preis hochzutreiben, aber Collins wusste, dass die Sache so gut wie rund war. »Zeig sie ihnen ruhig, Fried, jeder wird sich freuen, wenn er diese Bilder sehen darf.«

Auf der Straße wurde Collins schwindlig, er konnte sich kaum auf den Beinen halten. Wenigstens noch um die nächste Ecke, dachte er, Friedlander darf das nicht mitbekommen. Ob Papa wohl? Mein Vater? Er hatte immer ausführlich von seinen Bildern erzählt, nur nicht von diesem einen. Collins betrat die erstbeste Kneipe. Der Schweiß stand ihm auf der Stirn. Niemals durfte er sagen, woher er das Bild kannte. Niemals.

Er fragte die Kellnerin, ob er die Toilette benutzen dürfe. Dann bestellte er ein Glas Wasser. Er sah, wie das Glas in seiner Hand zitterte, aus lauter Angst, dass jetzt noch, Jahrzehnte später, alles ans Licht käme. Er wollte nicht wissen, wie sein Vater zu der Tänzerin gekommen war. Niemals.

Ohne Lucie zu grüßen, rannte Collins in sein Büro. Er wählte Stellas Nummer. Als sie abnahm, fing er sofort von der Tänzerin an.

Stella versuchte ihn zu beruhigen.

Es half nichts. Sein Atem ging schwer.

»Beruhige dich doch, mein Liebster, bitte.«

»Ich werde ein Angebot für die anderen Gemälde machen, aber das da, das will ich nie wiedersehen.«

Lange blieb es still in der Leitung. Er holte das kleine Foto aus seiner Brieftasche, er hatte es seit Ewigkeiten nicht mehr betrachtet.

»Manchmal habe ich Todesangst, Stella.«

»Ich weiß, Otto, ich weiß.«

»Ich will, dass du mich festhältst.«

»Das will ich auch, mein Liebster«, sagte sie. »Für immer.«

III

Sie wurde wach, weil sie aufs Klo musste. Schlaftrunken ging sie durch den Flur, das Handy in der Hand. Als ob jemand so früh anrufen würde! Erst aufs Klo, dann einen Schluck trinken.

Verrückt, so ein Durst, dachte sie, als sie in der Küche eine Flasche Apfelsaft von der überfüllten Anrichte nahm; ihre Freundinnen hatten ein ziemliches Chaos angerichtet.

Das Telefon klingelte. Also doch. Sie nahm schnell einen Schluck von dem lauwarmen Apfelsaft.

Es war ihre Mutter. Um diese Uhrzeit?

»Alles in Ordnung, Mama?«, fragte Romi schlaftrunken. Sie war müde, der Kopf tat ihr weh, sie hatte kaum geschlafen. Es war wunderschön gewesen mit ihm, und in ein paar Stunden würden sie sich wiedersehen.

»Hab ich dich geweckt?«, fragte ihre Mutter. Romi nahm noch einen Schluck.

»Nicht richtig«, gab sie zurück, während sie in

die Plastiktüte vom Supermarkt spähte; sie weiter zu öffnen, würde zu viel Lärm machen. Die anderen schliefen noch, sie versuchte zu flüstern.

»Hier geht es nicht so gut«, gab ihre Mutter zurück.

»Was ist passiert?«

Oma war gefallen.

»Oma ist schon öfter hingefallen, ist doch nicht so schlimm, oder?«

»Doch«, sagte die Mutter, »sie hat sich die Hüfte gebrochen. Und jetzt will sie nicht mehr, sagt sie.«

Will nicht mehr?

»Liegt sie im Krankenhaus?«

»Sie wollte sich nicht operieren lassen. Wir haben sie nach Hause geholt.«

Oma hatte gefragt, wo sie denn um Himmels willen jetzt noch hingehen müsse.

Romi lächelte. Typisch Oma, dachte sie.

»Sie ist dickköpfig, Romi«, sagte ihre Mutter.

»Also wird sie den Rest ihres Lebens im Bett verbringen?«

»Nein, Kind. Sie will nicht mehr, sie kann nicht mehr.«

Oma machte keine Scherze, das wusste Romi. Ihre Mutter war ein Einzelkind, Romi das einzige Enkelkind. Großmutter hatte ihr immer ihre volle Aufmerksamkeit geschenkt.

Auf dem Nachttisch lag eine Tafel Schokolade. Romi brach ein Stückchen ab

»Oma ist stur«, sagte ihre Mutter.

»Und das heißt?«

Ihre Mutter verstummte. Danach sprach sie leiser, verhaltener.

»Wenn sie nicht mehr will, können wir nichts machen.«

Romi hörte an der Stimme ihrer Mutter, dass sie weinte.

»Soll ich kommen, Mama?«

»Nein, mein Kind, du hast Ferien.«

»Ich kann noch mein ganzes Leben lang Ferien machen. Ich komme zurück.«

Romi stand mit einer großen Reisetasche über der Schulter am Flughafen. Sie war erst drei Tage im Urlaub gewesen, aber sie wollte nach Hause. Mit ihrem Liebsten konnte sie jetzt nur noch telefonieren. Er hatte vorgeschlagen, sie zu begleiten, aber das wollte sie nicht. Er sollte seine freien Tage genießen.

Im Flugzeug fehlten ihr seine Liebkosungen und die Art, wie er mit ihr sprach. Manchmal schien er sie besser zu ertragen als sie sich selbst – nein, sie durfte nicht übertreiben. Die letzten Prüfungen vor den Ferien waren einfach anstrengend gewesen, sonst war alles halb so schlimm.

Jeden Donnerstag hatte Romi nach dem Seminar bei Großmutter vorbeigeschaut, um Tee mit ihr zu trinken. Ob sie auch das nicht mehr wollte? Vielleicht würden sie den Tee jetzt einfach im Schlafzimmer trinken oder Omas Bett ins Wohnzimmer stellen? Erst als das Flugzeug zum Sinkflug ansetzte, fielen Romi die Augen zu.

Sie wollte unabhängig sein und selbständig, aber jetzt fand sie es schön, dass ihr Vater sie vom Flughafen abholte.

»Gut, dass du da bist«, sagte er auf dem Weg zum Auto. »Auch für deine Mutter.«

Romi betrachtete ihn von der Seite. Zum ersten Mal sah sie das Grau an seinen Schläfen.

»Willst du erst mal nach Hause?«, fragte er.

»Ist Mama bei Oma?«

Er nickte.

»Dann fahren wir gleich zu Oma.«

Sie wusste meist genau, was sie wollte. Das war schon so gewesen, als sie noch ganz klein war. Nicht lange herumüberlegen, sich schnell einen Überblick verschaffen und dann eine Entscheidung treffen – das hatte sie von ihrem Vater gelernt. Darin unterschied sie sich sehr von ihrer Mutter, die an allem zu zweifeln schien.

Im Schlafzimmer ihrer Großmutter stand ein Pflegebett, direkt vor ihrem eigenen Doppelbett. Dabei schlief hier nur noch ein Mensch. Der Großvater war schon lange tot. Auch er war alt geworden, aber Romi hatte keine so enge Beziehung zu ihm gehabt wie zu ihrer Oma. Er war ein stiller Mann gewesen, und wenn er sprach, war er immer häufiger ins Deutsche, seine Muttersprache, verfallen. Lass ihn doch, sagte Oma dann.

»Guten Tag, liebe Oma«, flüsterte Romi.

Die Großmutter lächelte. »Du bist doch nicht etwa meinetwegen zurückgekommen …«

Romi ergriff ihre linke Hand. »Natürlich. Du hattest einen Unfall. Ich will bei dir sein.«

Ihre Großmutter lächelte sanft und strich mit den Fingern über Romis Hand. »Das ist lieb von dir, mein Mädchen.« Sie fragte, wie die Ferien gewesen waren, wie lange sie weg gewesen war. Romi erzählte von Spanien, ihren Freundinnen in dem verlotterten Apartment. Sie könne Ferienhäuser nicht ausstehen, sagte Oma. Romi musste lachen. Sie konnte sich auch etwas Schöneres vorstellen. Großmutter betrachtete ihr langes, dickes Haar. »Alles an dir ist so schön«, sagte sie. »Ich habe Schmerzen, Kinder«, fügte sie dann hinzu. »Mir reicht es langsam.«

Romi wandte den Blick ab, als könnte sie so die Worte ihrer Oma überhören. Auf dem Frisiertisch lag das goldene Medaillon, das sie bisher nur am Hals der Großmutter gesehen hatte. Der Frisiertisch sah anders aus, als sie es gewohnt war. Handtücher lagen darauf, Schachteln mit Tabletten. Wo war die Bürste mit dem Silbergriff? Als Kind hatte sie sich wie eine Prinzessin gefühlt, wenn sie an diesem Tischchen saß, mit Omas Parfümzerstäuber in der einen Hand und der eleganten Bürste in der anderen. Die drei schmalen Spiegel durfte Romi so oft hin und her bewegen, wie sie nur wollte, dabei konnte sie sich von der

Seite betrachten und sogar ein bisschen von hinten. Auch früher hatte Großmutter schon gesagt, wie schön sie ihr Enkelkind finde. Das hier war Romis Reich gewesen, auf dem Hocker mit dem Samtpolster.

»Alles tut weh«, fuhr die Großmutter fort. »Das Liegen, das Umdrehen, jede Bewegung. Und außerdem kann ich fast nichts mehr sehen.«

»Wenn du dich operieren lässt, wird es dir bald besser gehen, Mama«, wagte Romis Mutter einen Vorstoß.

Großmutter wollte nichts davon hören. »Vielleicht kann ich dann mit meinen neunzig wieder ein paar Schritte gehen. Aber ich werde nicht mehr lesen können, mir nichts ansehen können.« Sie schloss die Augen und ließ den Kopf tiefer ins Kissen sinken.

Aus medizinischer Sicht, so hatte es Romis Vater dargestellt, gab es keinen Grund, sie von ihren Leiden zu erlösen. Eine Operation war möglich, und nach einer, wenn auch nicht kurzen Rehabilitation würde sie wieder gesund sein. Aber das wollte Oma nicht. Sie hatte immer selbst über ihr Leben bestimmt, und das würde sie auf ihre alten Tage nicht mehr ändern, hatte sie mit einem Lachen gesagt.

»Ich verstehe, dass das schwierig ist, Ida«, sagte sie zu ihrer Tochter. »Aber es ist meine Sache, wo ich sein möchte.«

Romi war erstaunt, wie entschieden ihre Großmutter über das Leben und das Aus-dem-Leben-Gehen sprechen konnte.

»Ich weiß nur zu gut, wie man ein Leben erhalten kann«, sagte sie, »und wie man es beendet.« Sie würde einfach nichts mehr zu sich nehmen. Zunächst keine Nahrung, dann auch keine Flüssigkeit mehr und allmählich verhungern und austrocknen. »Dabei fallen nach und nach alle Organe aus. Am Ende auch das Herz.«

Sie klang so bestimmt, dass auch Romis Mutter keine Einwände mehr erhob.

Romis Vater saß im Wohnzimmer, solche Gespräche überließ er den Frauen. Ida würde ihn schon über alles informieren.

Es ist unmöglich, dachte Romi, das schafft kein Mensch.

Die ersten Tage verliefen ziemlich unauffällig. Zu vereinbarten Zeiten kam jemand vom Pflegedienst, um die alte Frau umzulagern und im Bett zu waschen. Ida konnte es nicht mit ansehen, deshalb blieb sie im Wohnzimmer, bis die Pflegerin fertig war. Zwischendurch schlummerte Romis Großmutter, manchmal schlief sie sogar ein, während noch mit ihr gesprochen wurde. Dann schlichen sich Romi und ihre Mutter aus dem Zimmer und setzten sich am Küchentisch einander gegenüber, aber es fühlte sich an, als würden sie sie im Stich lassen. Romis Vater ging inzwischen wieder zur Arbeit.

Zum Mittagessen – meist war es nur ein Brötchen – zogen sich Mutter und Tochter in die Küche zurück. Damit die Großmutter es nicht mit ansehen musste, obwohl sie meinte, sie habe, weiß Gott, schon Schlimmeres mitgemacht, sie könnten doch einfach bei ihr im Zimmer essen. Aber das wollte Ida nicht.

Stundenlang saßen sie am Krankenbett, manchmal redeten sie, manchmal schwiegen sie.

Manchmal war es Oma zu warm, dann wieder zu kalt. Zu kalt, weil sie nichts mehr zu verbrennen hatte, zu warm, weil die Heizung lief. Eine der Pflegerinnen hatte gesagt, dass der Thermostat nicht zu hoch eingestellt werden dürfe, sonst würde sie noch schneller austrocknen, aber zu niedrig sei auch nicht gut, weil sie immer stärker frieren werde. Wenn Oma wieder einmal fragte, ob es wirklich so heiß sei oder ob es vielleicht an ihr liege, stellte Romi den Thermostat ein bisschen niedriger.

Selbst wenn ihr warm war, wollte Oma zugedeckt bleiben. Dann legte sie ihre Hände um den Saum der Decke, als suchte sie Halt. Wenn ab und zu ein Fenster geöffnet wurde, genoss sie die frische Luft. Dann schienen ihre Lebensgeister zurückzukehren. »Herrlich, diese Luft«, sagte sie. Es war Herbst, aber sie meinte, die ersten Frühlingsblüten zu riechen.

Sie liebe alle Jahreszeiten, das hatte sie oft zu Romi gesagt. Vor allem den Wechsel fand sie wunderbar.

Wenn der Winter dem Frühling Platz machte, füllte sie ihr Haus mit Blumen, Jahr für Jahr.

In den kurzen Augenblicken, in denen sie auflebte, versuchte Ida sofort, sie von ihrem Plan abzubringen. »Mama, willst du nicht doch etwas essen?« Doch dann schüttelte sie wieder den Kopf, schloss die Augen und wandte ihr Gesicht langsam dem offenen Fenster zu.

Abends ging es ihr meist am besten. Dann sprach sie ruhiger, schien sich sicherer zu fühlen. Und erzählte. Von ihrer Kindheit, vom Krieg, und manchmal von kleinen, unwichtigen Dingen, die sie mit ihrem Krankenbett in Verbindung brachte.

»Wenn ihr nach meinem Tod etwas wegbringen müsst, dann wendet euch an die Spedition Büch«, sagte sie einmal. Als ob sich Ida jetzt mit Spediteuren beschäftigen würde. Aber schon bald zeigte sich, warum Oma das gesagt hatte: Diese Spedition hatte ihr nach dem Krieg ihre Sachen zurückgegeben. »Sieh mal nach, ob es sie noch gibt.«

Sie wollte alles regeln und mischte sich in alles ein. Romi sah, wie ihre Mutter ihren Ärger zu unterdrücken suchte und sich bemühte, eine folgsame Tochter zu sein. Ich würde das Gleiche tun, wenn ich Oma wäre, dachte Romi.

»Ich habe es aufgeschrieben, Mama. Büch.«

»Nur das Kostbarste, was wir besaßen, haben wir nicht bei ihnen gelassen und deshalb auch nicht zurückbekommen. Vielleicht hat mein Vater da einen Fehler gemacht.«

Ihr Vater?

Oma erzählte eigentlich nie von ihren Eltern. Sie waren im Krieg vergast worden.

»Was meinst du, Mama?«, fragte Ida.

»Unsere Tänzerin«, sagte Oma. »Das Lieblingsbild meiner Mutter. Ich musste es mitnehmen, als ich von zu Hause wegging.«

Omas Lippen deuteten ein Lächeln an. »Die Augen der Tänzerin sollten mich beschützen. Und das haben sie getan. Ich kam zurück. Mit Opa, aber ohne die Tänzerin. Tini, ja, so hieß sie, so hat Degas sie genannt. Sie tanzte in einer Pariser Bar, sehr anmutig, mit den Armen über dem Kopf.« Oma hob ihre Arme ein Stückchen über die Decke, ihre knochigen Finger bewegten sich, als ob sie eine Melodie hörte. »Mein Gott, wie schön sie war in ihrem langen Kleid. Und sie hat mich beschützt, das muss man ihr lassen. Selbst als sie im Haus der Nachbarn hing, hat sie mich noch beschützt.«

Sie ließ die Arme wieder sinken und betrachtete ihre Nägel.

Sie hielt sie immer kurz. Früher hatte sie ihre Nägel zu oft abgekaut, und dann waren sie nie mehr richtig nachgewachsen. Seither trug sie immer Lack auf, um so gepflegt wie möglich auszusehen. Und sie warnte Romi, erst gar nicht mit dieser Unsitte anzufangen. »Vielleicht kann die Pflegerin meine Nägel nachfeilen«, sagte sie.

Romi und Ida sahen sich verwundert an. Die Geschichte von der Tänzerin hatten sie noch nie gehört. Oma betrachtete nachdenklich ihre Finger, ohne Romi und Ida weiter in ihre Erinnerungen einzubeziehen.

Nach einer Woche wurde sie matter und schien immer weniger klare Momente zu haben. Das könnte an den Schmerztabletten liegen, meinte der Hausarzt. Ihr Gehör war in der ersten Woche noch verblüffend gut gewesen, im Gegensatz zu ihren Augen. Wenn sie dem Verkehr auf der Straße lauschte, wusste sie, ob es morgens oder mittags war, Tag oder Nacht. Jetzt aber fragte sie, ob schon Tag wäre und wo die Nacht geblieben sei. Immer öfter rief sie im Schlaf nach ihrem Mann, der schon vor vielen Jahren nach langer Krankheit von ihr gegangen war; er hatte eine schwache Lunge gehabt. Aber wenn Oma richtig wach war und die Schmerzen sie nicht zu sehr plagten, war sie ganz da. Sie fragte Romi, ob sie ihrer Mutter helfen wolle, die Wohnung auszuräumen, wenn sie nicht mehr sein würde.

»Nichts lieber als das, Oma«, gab Romi zurück, aber ihre Oma lachte und wiederholte ihre Bitte. Sie wollte alles gut vorbereiten, solange sie dazu noch in der Lage war. Die Pflegerinnen sollten »ein Extrageld« bekommen, sagte sie, weil sie so aufmerksam und liebevoll waren. Oma hatte Ida schon zweimal gefragt, ob sie ein bisschen Geld von ihrem Konto abheben könne.

Beim dritten Mal – Romi und ihre Mutter saßen

am Bett – bestand sie darauf. »Ich möchte ihnen etwas geben, solange ich noch da bin.« Romi hatte das Gefühl, dass Oma mit ihr allein sein wollte. Ida verstand den Wink und machte sich auf den Weg zur Bank. »Das kann gut eine halbe Stunde dauern«, meinte sie.

Oma nickte zufrieden. »Ich laufe nicht weg«, lachte sie. »Romi passt auf mich auf.«

Auf Omas richtigem Bett, dem Ehebett mit der ordentlichen Überdecke, lag der Tablettenplan. Romi hatte immer ein Buch dabei, obwohl sie wusste, dass sie nie zum Lesen kam. Ihr Handy lag stumm auf dem Salontischchen. Sie hatte mit ihrer Mutter vereinbart, den Klingelton auszuschalten, denn Oma schlief viel und erschrak bei jedem Geräusch. Ab und zu kontrollierte Romi, ob sich jemand gemeldet hatte, was auch jedes Mal der Fall war. Sie rief nie zurück. Oft zeigte das Display den Namen ihres zurückgelassenen Freundes, aber sie wollte jetzt nicht an ihn denken. Ganz selten schickte sie ihm eine kurze SMS, um ihn auf dem Laufenden zu halten.

Sobald Oma die Tür hinter Ida ins Schloss fallen hörte, wandte sie sich Romi zu. Sie bat sie zuerst um einen Schluck Wasser, weil ihr das Sprechen schwerfiele. »Das Wassertrinken zieht vielleicht alles ein bisschen in die Länge, aber es gibt mir doch auch ein bisschen Zeit, mit euch zusammen zu sein«, sagte sie und gestand Romi, dass sie gar kein Geld brauche. Nicht, dass sie Geheimnisse vor ihrer Tochter hätte, aber sie wolle etwas besprechen, das Ida aus der Fassung bringen würde. Romi rückte näher ans Bett. Unglaublich, dachte sie, worüber Oma sich so alles Gedanken macht.

»Ich weiß nicht, wie lange es noch dauert«, sagte sie jetzt. »Was denkst du?«

Romi lächelte. »Ich habe keine Ahnung, Oma, ich erlebe das auch zum ersten Mal.«

Oma lachte lautlos. Sie erzählte, dass sie diese Aufgabe nicht aus dem Nichts bewältigen könne, sie habe schon ihr Leben lang eine Aufgabe bewältigen müssen. Sie sei es gewohnt, stark zu sein und sich selbst Regeln aufzuerlegen, nur so habe sie überleben können. Und aus denselben Kräften schöpfe sie jetzt, nicht um am Leben zu bleiben, sondern um aus dem Leben zu scheiden. Romi nickte. Ihr Wunsch, sie bei sich behalten zu wollen, wurde immer größer, während sich ihre Großmutter immer mehr von der Welt entfernte.

Oma suchte Romis Hand. »Hast du einen Freund?«

»Ein bisschen«, antwortete sie linkisch. Oma nickte zufrieden.

»Darüber will ich mit dir reden. Es ist wichtig, dass du dir einen guten Mann aussuchst, mein Mädchen, einen, der für dich sorgt.«

»Das weiß ich, Oma«, sagte Romi vorsichtig.

»Ich habe einen guten Mann gehabt.« Romi hörte aufmerksam zu. »Du weißt, dass der Krieg für Opa und mich ein guter Krieg war. Ja, so hieß das damals, ›ein guter Krieg‹, wenn man nicht in den Lagern war.« Romi nickte, das wusste sie.

»Aber, Romi«, sagte die Oma, »komm doch noch ein bisschen näher.«

Romi war nun so nah, dass sich ihre Köpfe berührten.

»Ist die Pflegerin schon da?«

»Nein, Oma, wir sind allein.«

Oma drückte Romis Hand. »Ich finde es schön, wenn du mich anfasst«, sagte sie. »Ich will nicht, dass deine Mutter erfährt, was ich dir jetzt erzähle. Sie hat es schon schwer genug.«

Romi versprach, nichts zu verraten. Sie wusste, dass ihre Oma Ida immer beschützte, sie durfte nicht belastet werden, als ob sie dafür zu zart wäre.

»In diesem guten Krieg, Romi, in diesem guten Krieg habe ich mein Kind verloren.« Romi fühlte, wie Omas Griff um ihre Finger fester wurde. »Ich will, dass du das weißt, weil bald niemand mehr da ist, der es dir erzählen kann. Wenn niemand mehr etwas weiß, dann existiert es auch nicht mehr, und ich will, dass es existiert.«

»Was ist denn passiert, Oma? Ist Mama nicht dein einziges Kind?«

Oma versuchte zu nicken, aber es fiel ihr schwer.

Sie sagte, dass sie Schmerzen habe. Diesmal über der Hüfte, eigentlich im Bauch. Romi nahm die Wärmflasche und legte sie unter die Decke. »Willst du, dass ich dir die Schmerzmittel jetzt gleich gebe?«

»Nein, mein Mädchen, wir müssen uns an den Plan halten. Ich will in Frieden aus der Welt gehen, und ich weiß, dass ich leiden muss, daran ist nichts zu ändern. Dieses Kind, Romi, ich habe dieses Kindchen weggeben müssen. Es lebte danach im Haus nebenan. Ein prächtiges Bürschchen. Ich sah den Kleinen fast jeden Tag. Bis der gute Krieg vorbei war. Erst dann begann für mich das Elend.« Sie schloss die Augen.

Romi sah, wie ihre Großmutter weinte, zum ersten Mal in diesen Tagen. »Was ist mit ihm passiert?«

Oma öffnete die Augen und versuchte Romi anzusehen. »Es war besser, dass ich ihn in Ruhe gelassen habe. Gib mir ein bisschen Wasser, Romi. Meine Lippen sind so rau.«

»Ich creme dir jetzt die Lippen ein.« Oma schürzte die Lippen, als wollte sie Lippenstift auflegen, um auszugehen. Romi trug mit sanften Bewegungen etwas Creme auf. Als sie fertig war, presste Oma kurz die Lippen zusammen.

Warum sie ihren Sohn denn nicht mehr gesehen habe, fragte Romi.

»Es war besser so. Glaub mir. Es gibt nichts Schlimmeres, als ohne sein Kind leben zu müssen. Aber ich habe es ertragen, für ihn. Ich wollte ihm nicht den Boden unter den Füßen wegziehen. Er weiß nicht, wer ich bin. Bei seinen Eltern hatte er es gut. Sie haben ihm in dieser Zeit ein besseres Leben geboten, als ich es je gekonnt hätte.«

»Er lebt also noch?«

Oma nickte.

»Ist er auch von Opa?«

Oma schüttelte den Kopf. »Sein Vater gehörte zu den Anderen, ausgerechnet zu den Anderen. Und er hat mich belästigt …« Oma hatte die Hände zu Fäusten geballt. Romi glaubte zu verstehen, wen sie mit »die Anderen« meinte. Aber »belästigen«, was sollte das bedeuten?

»Sein Vater war ein NSB-Mann.«

»Mein Gott«, sagte Romi lauter. »Lebt er noch?«

Oma schüttelte den Kopf. »Auch das ist nicht so einfach, mein Mädchen. Jahre nach dem Krieg gab es Leute, die sich zum Richter über andere machten, weil ihnen die Rechtsprechung nicht immer gerecht zu sein schien.«

»Sich zum Richter machten?«

Romi hatte einmal eine Sendung darüber im Fernsehen gesehen: Eine alte Frau hatte vierzig Jahre nach dem Krieg einen SS-Mann abgeknallt.

Oma erzählte von Henk, bei dem sie Unterschlupf gefunden hatte.

»Henk konnte es einfach nicht ertragen, er hat jahrelang gesehen, wie mich der Nachbar, dieser NSB-Mann, belästigt hat. Und das klingt noch viel harmloser, als es in Wirklichkeit war. Trotzdem wurde er nie verurteilt.« Oma schluckte. »Es gab einen Kreis von Widerstandskämpfern, die auch nach dem Krieg noch im Widerstand waren. Diese

Männer rechneten oft noch Jahrzehnte später mit den Verbrechern ab.«

Romi nickte. Ihre Großmutter schien nicht traurig zu sein, sondern erbost.

Erst nach einer langen Pause konnte Oma weitersprechen. »Erzählst du mir gleich von deinem Freund?«

Romi musste lachen, typisch Oma, dachte sie. »Das hier ist jetzt wichtiger, ich höre dir zu, und ich werde mir alles merken, alles, was du sagst.«

Omas Finger suchten erneut die Hand ihrer Enkeltochter, wie Krähenfüße lagen sie in Romis Hand. »Ich habe das nicht gewollt, ich wollte keine Sühne, wir haben kein Recht dazu. Aber man hat mich nicht gefragt. Henk hat mich dann zur Beerdigung mitgenommen. Es war seine Idee, damit ich einen Schlussstrich ziehen kann. Ich bin mitgegangen. Natürlich nur aus einem Grund.«

»Wegen des Kindes?«

Ihre Unterlippe zitterte. Sie verstummte und schluckte mühsam. Eine Träne kullerte langsam aus ihrem Augenwinkel. Das einzige Geräusch kam von der Wanduhr, die im Wohnzimmer tickte, seit mehr als einem halben Jahrhundert.

Normalerweise hörte man die Uhr im Schlafzimmer nicht, aber jetzt standen die Schiebetüren mit dem farbigen Glas offen, damit mehr Luft ins Krankenzimmer kam. Romi betrachtete den Holzschrank neben der Tür, früher hatte sie stundenlang mit den Schlüsselchen in den Schubladen gespielt. Eines Tages blieb ihr vermutlich nur noch die Erinnerung an diesen Raum. Romi spürte die Anspannung in ihrem Körper.

Erst nach ein paar Minuten hatte sich Oma wieder gefasst und erzählte vom Begräbnis. An diesem Tag hatte sie die Kissen auf der Couch bestimmt hundert Mal aufgeschüttelt. Sie hatte die Lippen geschminkt und wieder abgewischt. Sie durfte nicht zu sehr auffallen. Ihr großer schwarzer Hut würde sie beschützen. Und das Medaillon. Das Medaillon ihrer Mutter.

»Als Kind hast du gern damit gespielt«, sagte sie zu Romi. Sie sei noch nie so nervös gewesen wie an diesem Tag. Sie hatte Opa nichts davon erzählt. Er kam erst am Nachmittag zurück, und bis dahin war sie bestimmt wieder zu Hause. Sie nahm den Zug. Sie wusste nicht, ob sie ihn erkennen würde. Und hatte gleichzeitig Angst davor. »Seine Augen, sein Mund, es war so schrecklich lange her.«

Romi bot ihr einen Schluck Wasser an, aber Oma wollte nichts. Sie lächelte.

»Er war ein Bild von einem Mann. Großgewachsen. Dichtes Haar und schöne dunkle Augen. Eigentlich genau wie sein Vater.« Oma hob ihre Hand ein Stückchen in die Höhe.

Ein Bild von einem Mann, genau wie sein Vater? Romi konnte ihr nicht folgen.

Sie hatte kurz mit ihm gesprochen. Aber er wusste nicht, wer sie war. Das war auch besser so. Sie hatte ihm ein kleines Foto geschenkt, von früher, von ihnen beiden, auf den Stufen vor Henks Haus. Es war eines der wenigen Male gewesen, dass sie ihr Kind kurz in den Armen halten durfte. »Nur kurz«, sagte sie, »aber ich wollte ihn nie mehr loslassen.«

»Stehst du?«, fragte Oma. Romi hatte es nicht mehr auf dem Stuhl gehalten, aber sie wollte sich ihre Unruhe nicht anmerken lassen und sagte bloß, dass sie weiter zuhöre.

Oma fragte, ob Romi ihr ein Kissen unter die Füße legen könne.

»Ist das denn gut für deine Hüfte?«

»Das kann ich dir gleich sagen«, kam es gelassen zurück. Romi hob die Decke am Fußende ein bisschen an und sah die alten Füße, Füße, die nie mehr gehen würden. Die Zehennägel waren gepflegt, wie immer, aber die Haut war furchtbar fahl.

Einen Moment war Romi unschlüssig, ob sie die Fersen anfassen sollte. Sie schämte sich dafür. Mit der rechten Hand hob sie die Füße ganz vorsichtig ein kleines Stückchen hoch. »Gut so, Oma?« Ein zustimmendes Nicken. Als Romi ihr ein kleines Kissen unter die Füße schob, seufzte ihre Großmutter, dass es so wirklich viel besser für ihren Rücken sei.

Romi setzte sich wieder. Sie dachte an den Onkel, den keiner kannte, den Onkel, von dem nicht einmal ihre Mutter wusste. »Weißt du, wo er wohnt, Oma?«

»In New York.« Oma hüstelte fast unhörbar.

»Als er gesagt hat, dass es ihm dort gut geht, dass er ein gutes Leben hat, da wusste ich, dass ich schweigen würde bis ins Grab, wie ich es bei seiner Geburt versprochen habe.«

Sie atmete schwerer, und Romi griff nach ihrer Hand. »Keinen einzigen Tag in meinem Leben habe ich nicht an ihn gedacht.«

Sie weinte und drehte sich zum Fenster.

»Dieser Schmerz, den ich jetzt empfinde, mein Mädchen, das ist nichts verglichen mit dem, was ich dir gerade erzählt habe. Deshalb fällt mir das hier leicht. Kannst du das verstehen?«

Romi konnte nicht mehr antworten. Sie konnte gar nichts mehr. Nicht reden, nicht trösten, nicht denken. Sie fühlte den Schmerz der Großmutter, den Kummer, den sie ihr ganzes Leben mit sich hatte herumtragen müssen.

Oma schien einzuschlummern. Als sie nach zehn Minuten wieder aufschreckte, fragte sie, ob Ida schon zurück sei.

»Noch nicht, Oma, sie wird gleich kommen.«

»Niemand weiß davon, und das bleibt auch zwischen uns.«

Romi nickte.

»Erzähl mir doch von deinem Freund«, bat Oma, erschöpft vom vielen Reden. Romi schämte sich ihrer vagen Gefühle, sie wusste nicht, wie sie darüber sprechen sollte, er liebte sie mit einer wahnsinnigen Kraft, aber sie war sich überhaupt nicht sicher. Sie wollte mehr über ihren Onkel hören, über den NSB-Mann, wie das alles passiert war, aber sie wagte nicht nachzufragen.

»Das ist vertrackt. Aber längst nicht so vertrackt, wie es sein könnte, das begreife ich jetzt. Ich finde es so schlimm für dich, Oma.«

»Kind, ich hatte keine Wahl. Es ist gut so.«

Romi nickte und kam mit dem Mund fast an Omas Ohr. »Mama ist wieder da.«

Oma lächelte zufrieden.

Romi gab ihr einen Kuss auf die Stirn. Sie roch anders als früher.

Auch nachts ließen sie Oma nicht mehr allein. Romis Mutter schlief im Ehebett ihrer Eltern.

Nach zwei Wochen, die Dosierung der Schmerztabletten war erhöht worden, versagte Omas Körper noch immer nicht.

Romi und Ida saßen ständig an ihrem Bett. Ruhig und gefasst, als ob die Zeit stillstünde, obwohl die Wanduhr einfach weitertickte. Ab und zu stellte Oma eine Frage, meistens wussten Romi und ihre Mutter keine Antwort. Wie lange es noch dauern würde, wollte Oma wissen.

»Das hängt ganz davon ab … Mama« oder »Das kommt ganz darauf an …, Mama«, »Das wissen wir nicht, Mama«.

»Lange« ist ein relativer Begriff, sagte Romi zu ihrer Mutter, die sie fragend ansah. Manchmal sagte Oma ihnen auch, was sie tun sollten, wenn sie nicht mehr da wäre, bald, ganz bald. Romi müsse ihr Medaillon tragen und gut darauf aufpassen, um es später ihren eigenen Kindern zu geben. Romi versprach es ihr, obwohl sie sich nicht vorstellen konnte, jemals eine so altmodische Kette zu tragen.

Aus Pietät wollte Romis Mutter kein Essen mehr im Haus haben, doch damit war Romi nicht einverstanden. Oma würde wollen, dass sie normal aßen. Aber ihre Mutter bestand darauf. Gelegentlich aß Ida ein trockenes Stück Brot, um nicht zusammenzuklappen, das war ihre einzige Mahlzeit. Romi aß ihre Brötchen seit kurzem vor dem Hauseingang, so kam sie ein bisschen an die frische Luft. Weil Oma ständig fror, mussten die Fenster jetzt geschlossen bleiben.

»Es dauert lange«, las Romi auf ihrem Handy, eine SMS ihres Liebsten. Sie aß ihr Brötchen auf.

»Nicht lange genug«, schrieb sie zurück. Dann eilte sie wieder die Treppe hinauf.

Romi half der Pflegerin, Oma im Bett zu waschen. Es ging immer beschwerlicher, der alte Körper war so geschwächt. Romi war verärgert, weil die Pflegerin Oma ein Zierpüppchen nannte. Oma hatte gefragt, ob sie ihre Zähne im Mund behalten dürfe. Sie wolle, egal wie, frisch und adrett aussehen, schließlich sei sie immer eine echte Dame gewesen. Und saubere Kleidung tragen. Ida cremte Oma die Arme ein, die wie Stöckchen neben ihrem Körper lagen. Allein konnte sie die Arme nicht mehr bewegen. Ida fragte die Pflegerin, ob sie ihrer Mutter noch einmal die Nägel feilen dürfe, sie wisse, wie wichtig ihr das sei. Die Pflegerin hielt das für überflüssig, medizinisch sprach aber nichts dagegen. Romi reichte ihrer Mutter die Feile.

Romi kam es keine Sekunde in den Sinn, irgendjemandem von dem unbekannten Mann zu erzählen. Aber seit sie die Geschichte kannte, betrachtete sie die Großmutter mit noch größerer Verwunderung. Wie hatte sie es nur geschafft, ein Leben lang, mehr als sechzig Jahre, ihr Kind zu verschweigen?

Ihre Mutter hatte einen Bruder in Amerika. Vielleicht hatten sie dort sogar Cousins und Cousinen. Vielleicht sahen sie einander ähnlich. Ob sie das je herausfinden würde?

Bruder und Schwester hatten dieselbe Mutter, aber verschiedene Väter. Einen Vater, der im Krieg auf der falschen Seite gestanden hatte. Wenn man das Kind eines solchen Vaters ist, ist man dann mitverantwortlich? Und weiß dieser Mann, dass sein Vater seine Mutter belästigt, womöglich gar vergewaltigt hat? Aber warum klang es dann fast liebevoll, als Oma sagte, dass ihr Sohn seinem Vater ähnlich sehe. Als ob sie seinen Tod nicht gewollt hätte?

Ob ihr Onkel wohl wusste, dass er unerwünscht war, das Kind einer Jüdin, die hatte untertauchen müssen? Nein, natürlich nicht. Oma wollte ihm dieses Wissen ersparen, sie hat ihn beschützt, indem sie schwieg. Wahrscheinlich war es tatsächlich das Beste gewesen. Welche Last hätte er zu tragen, wenn er die Wahrheit wüsste? Ein Kind, hervorgegangen aus einer Vergewaltigung, und dann auch noch von einem Nazi – aber dass sein Vater beim NSB war, das wird er doch gewusst haben?

Romi konnte das alles nicht einordnen. Aber jetzt war nicht der Moment, Oma mit Fragen zu bestürmen. Und dieser Moment, er würde auch nie mehr kommen. Vielleicht müssen wir nicht alles wissen, wir haben schon so lange ohne dieses Wissen gelebt. Das Schweigen muss unerträglich gewesen sein. Aber sie hat alle damit geschützt, auch sich selbst. Romi betrachtete die Fotos auf dem Schrank, sie betrachtete ihre Eltern: Ob sie auch Geheimnisse mit sich herumtrugen?

Ob sie das Kissen unter ihren Füßen wegnehmen könne, hörte sie plötzlich fragen. »Natürlich, Oma«, entgegnete sie und sprang auf. In den Füßen war so gut wie kein Blut mehr, Romi erschrak. Vielleicht waren die Füße schon gestorben, dachte sie, vielleicht fängt alles unten an.

Romi hatte Hunderte von Fragen, die sie nicht loswerden konnte. Aber Oma hatte ihr Lebensgeheimnis mit ihr geteilt.

Die meisten Nächte machte Ida kein Auge zu. Die Schmerztabletten versetzten Oma in einen tiefen Schlaf, Ida dagegen stand bestimmt dreißig Mal in der Nacht auf, um sich zu vergewissern, dass ihre Mutter noch lebte. Als ob sie vergessen hätte, dass ihre Mutter genau das nicht wollte. Sie musste diese Entscheidung respektieren, ohne sich ganz damit abfinden zu können.

Morgens, wenn der Vater Romi vor dem Haus der Großmutter abgesetzt hatte, fand Ida endlich die Ruhe für ein Stündchen Schlaf. Sie wusste, dass ihre Mutter es genauso schön fand, wenn Romi bei ihr saß. Und Romi war froh, dass sie bei Oma sein konnte. Die Semesterferien waren vorbei, aber sie hatte beschlossen, die ersten Seminare ausfallen zu lassen.

Die dritte Woche begann, Romis Mutter zählte die Tage. Gelegentlich fragte Oma, wie lange es noch dauern würde. Sie konnte kaum mehr sprechen und verstand nicht, warum ihr Herz noch immer schlug. Am dritten Donnerstag, Romi hatte genau drei Wochen vorher ihren Urlaub abgebrochen, fragte Oma, ob ihr noch kälter werden würde.

Und ob sie das Gebiss im Mund behalten dürfe.

Und ob sie auch gut füreinander sorgen würden.

Ob es denn überhaupt funktionieren würde, ob sie sicher wären, dass sie sterben werde.

Ob es noch lange dauerte.

Sie atmete schwer und mühsam, mit offenem Mund. Ihr ganzer Körper zitterte.

Ihr taten die Füße weh, sie spürte sie kaum noch. Ihre Finger waren krummer geworden, wie konnte das nur sein?

»Wo ist die Schnur«, fragte Oma immer wieder, »die Schnur, die mich zusammenhält?«

Romi sah ihre Mutter fragend an, aber die sah genauso fragend zurück.

Nach stundenlangem Schweigen fragte Oma, ob sie sich noch umziehen müsse.

Wie sie sich warm halten könne, demnächst, dort.

Sie habe nicht gewusst, dass Sterben so lange dauert.

»Geboren werden auch«, sagte Romi.

Sie erkannte ihre Enkelin an der Stimme.

»Was bist du doch schön«, sagte sie mit geschlossenen Augen.

Sie fragte wieder, wie lange es noch dauern würde. Und wie es anfange.

Sie wollte gern gehen. Ihre Atemzüge wurden schwer. Als ob sie in einen tiefen Schlaf fiele.

»Schläft sie?«, fragte Ida nervös.

Romi wusste es nicht.

Oma kam zurück. »Muss ich noch umgezogen werden?«

Niemand antwortete.

»Mir ist so kalt. Aber ich spüre deine Wärme, meine Ida. Meine liebste Ida.«

Erst als wieder Stille eingekehrt war, hörte Romi ihre Mutter leise weinen.

Nur die Wanduhr, die gerade die volle Stunde schlug, übertönte das Geräusch.

Oma schreckte auf.

»Sieh nur, da ist sie«, flüsterte sie mit geschlossenen Augen. Sie lächelte sanft mit bebenden Lippen. »Sieh nur, die Tänzerin. Ich muss nicht mehr weitergehen. Hörst du das? Es muss nicht mehr sein. Sie wird mich beschützen.«

Ihr Lächeln schwand, während ihr Kopf langsam zur Seite auf das Kissen sank. Ida hielt vorsichtig ihre Hand.

»Fängt es so an?«, murmelte Oma mit abgewandtem Gesicht.

Romi küsste sie sanft auf die Wange. »Ich weiß es nicht, Oma. Ich weiß nicht, wo es anfängt.«

Nur, wo es endet.

IV

Eilig verlässt sie die Penn Station, läuft Richtung Fifth Avenue und lässt die Hektik der Großstadt auf sich einwirken. Obwohl sie zum ersten Mal hier ist, weiß sie genau, welchen Weg sie gehen muss.

Sie beschließt, für den Rest der Strecke ein Taxi zu nehmen. Ohne ein Wort mit ihm zu wechseln, sitzt sie hinter dem Fahrer. Nach wenigen Minuten bezahlt sie den geforderten Betrag und schwingt den schweren Rucksack über die Schultern.

Ungeduldig läuft sie die imposante Freitreppe hinauf und merkt, dass sie vor Anstrengung zu schwitzen beginnt. Sie spürt die Schweißperlen auf der Stirn und im Nacken, sie hebt die Goldkette an, um sich mit der anderen Hand den Hals trocken zu wischen. Sie spürt das Medaillon auf der Haut. Mit den Fingern fährt sie durch ihr langes Haar, ordentlich aussehen muss sie schon. Sie wirft einen Blick auf das Display ihres Handys und sieht, dass sie kein Netz hat.

Sie muss auch nicht erreichbar sein.

In der Museumshalle angekommen, versucht sie ruhig durchzuatmen. Sie kauft eine Eintrittskarte, zum Studententarif. Nur ungern lässt sie ihren Rucksack an der Garderobe zurück. Dann begibt sie sich in den zweiten Stock des imposanten Gebäudes. Beinahe, denkt Romi bei sich.

Endlich bleibt sie stehen. Hier muss sie sein.

Romi schlingt die Finger ineinander, während sie in die Augen schaut, die alles gesehen haben.

Alles.

DANK

Für Beistand, Liebe und Unterstützung danke ich Daniël Schipper, Marcel Möring, Anne Margriet van Dam, Rob und Marion Kornmehl, Mirjam Schipper, Jeannette ten Kate, Jaap Nico Hamburger, Micha Schipper, Irwan Droog und Christoph Buchwald, Eva Cossée und allen Mitarbeitern ihres einzigartigen Verlags.